The Womanizer

Meine heißesten Sex-Abenteuer

The Womanizer

Meine heißesten Sex-Abenteuer

Bibliografische Informationen der Deutschen Nationalbibliothek
Die Deutsche Nationalbibliothek verzeichnet diese Publikation in der
Deutschen Nationalbibliografie; detaillierte bibliografische Daten sind
im Internet über dnb.dnb.de abrufbar.

2. Auflage
Copyright © The Womanizer 2017

Printed in Germany

ISBN 978-3-8448-1952-6

Herstellung und Verlag: BoD – Books on Demand, Norderstedt

Meine heißesten Sex-Abenteuer

The Womanizer

Inhaltsverzeichnis

BEST OF!

Barbara

Es war ein klassischer One Night Stand, wie er im Buche steht. Gesehen, geflirtet, gefickt, gegangen. Im Arabella Hotel München fand ein TV-Kongress statt. Ich war geladen und freute mich, einige alte Kollegen und Freunde wiederzutreffen.

Otto, ein 55-jähriger Fernsehmacher und großer Förderer meiner Person, stellte mir seine 21-jährige, bildhübsche Assistentin Barbara vor. Barbara war knapp 1,80 m groß und arbeitete im Zweitjob als Model, sie war sogar mal „BILD Seite 1 Girl" und die süßeste Versuchung, seit es Schokolade gibt. Sie gefiel mir ungemein.

In der Pause näherte ich mich ihr an. Barbara schien Gefallen an mir zu haben und schenkte mir mehr als nur ein Lächeln. Sie hatte eine Wahnsinnsfigur, lange, blonde Haare und geile, wahrscheinlich gemachte Titten unter der Bluse. Die Veranstaltung ging weiter, ich setzte mich neben sie und sorgte dafür, dass sich unsere Oberschenkel vorsichtig und unauffällig berührten. Sie zog nicht weg, sondern grinste und suchte noch engeren Beinkontakt. Da saßen wir und hatten den weiteren Ablauf eigentlich schon geklärt.

Als die Veranstaltung um 18 Uhr zu Ende war und alle 1 Stunde Zeit zum Frischmachen hatten, bevor das Abendessen auf dem Plan stand, ging ich ran: „Sag mal, hast Du hier ein eigenes Zimmer?" „Klar, Du nicht?" „Nein", antwortete ich, „ich bin nur heute auf dem Kongress, außerdem wohne ich hier in der Gegend." „Aha", säuselte sie, „dann müssen wir wohl zu mir, nicht wahr?" „Ja, wenn Du dasselbe möchtest wie ich." Sie wollte.

Diskret verschwanden wir im Fahrstuhl und landeten in Zimmer 369. Wir vergeudeten keine Zeit und küssten uns wild und geil. Als ich sie entkleidete, stockte mir der Atem: Barbara hatte eine der perfektesten Figuren, die Gott je gebastelt hat. Ihr Körper war jung, knackig und geil, ihre Pussy mit die schönste, die ich jemals lecken durfte.

Doch der Reihe nach. Zuerst küsste ich ihre harten Titten. Sie lag auf dem Bett und genoss es.

Ihre Dinger waren 100%ig gemacht, das konnte selbst ein Blinder spüren. Weiter wanderte mein Mund gen Süden, ihr Bauch war fest und trainiert, ihre kahle Muschi frisch geputzt. Ich rubbelte ihre süße Clit heiß und leckte ihre Vagina geil.

Aber auch ich wollte verwöhnt werden und spürte ihre Hände an meiner Hose, dann in meiner Hose. Während sie meinen Dong knetete, saugte ich so intensiv an ihrer langen, harten Klitoris herum, dass sie es nicht mehr aushielt und bebend zu ihrem Höhepunkt kam. Ihre Muschi füllte sich mit Saft, den ich gierig wegschlürfte. Lecker! Nun wurde sie aktiv. Lasziv schüttelte sie ihr langes Haar durch die Luft und holte ein Gummi hervor … für die Haare. Mit Rossschwanz lässt es sich nämlich besser blasen, da stören die langen Haare nicht.

Ihr Anblick glich der einer Göttin. Sie kniete vor mir und blies meinen Zauberstab hart. Dann legte sie sich seitlich über meinen Oberkörper und machte weiter. Ich konnte nicht sehen, was sie machte, aber ich spürte es, und es war verdammt gut! Ich ließ meinen Saft brodeln und spritzte ohne Vorwarnung ab. Der erste Take ging ihr in den Mund, die nächsten Spritzer sausten in hohem Bogen über sie hinweg und landeten auf meinem Oberkörper. Sie masturbierte kräftig weiter, bis die letzten Samentropfen aus mir heraus waren und ich erschöpft tief ein- und ausatmete.

Während der gemeinsamen Dusche ging es weiter. Als sie mir den Schwanz einseifte, wurde er wieder steif und Barbara geil. Sie begann daran zu spielen und blies mich unter strömendem Wasser. Ich fickte sie im Stehen von hinten, bis es soweit war: Ich zog ihn schnell raus und wichste ihren Arsch voll.

„Das war geil!", stöhnte sie und küsste mich wild. Wir zogen uns an und gesellten uns ans Buffet. Das Essen schmeckte gut. Barbara trug ein scharfes, rotes Kleid und war der absolute Blickfang des Abends. Nach der Mahlzeit verabschiedete ich mich von ihr und fuhr nach Hause.

Teresa

Freitagabend, Feierabend, Bierchen zischen, ab in die Bar. Das Barmädchen gefiel mir außerordentlich gut. Sie hieß Teresa und hatte einen russischen Akzent. Sie war schlank, ihre mittellangen, blonden Haare waren nach hinten zusammengebunden.

„Bitte Bier", bestellte ich und lächelte sie charmant an. Die nächsten Minuten beobachtete ich sie bei jedem Schritt. Sie war blutjung, 18 oder 19 schätzte ich sie. Die Kleine merkte, dass ihr meine Augen folgten und blickte interessiert zurück. Da war etwas, eine interessante Spannung, die sich aufbaute. So etwas liebe ich. Immer intensiver wurde meine Flirtgestik und immer interessierter wurde sie.

„Bitte noch ein Helles", hauchte ich ihr zu. Als sie mir das Bier servierte, berührten sich unsere Hände. Ich schaute ihr tief in die Augen. „Weißt Du, dass Du sehr schöne Pupillen hast?", sagte ich. „Danke", lächelte sie verlegen. Wir kamen ins Gespräch.

Teresa erzählte mir, dass sie Schülerin sei und zweimal die Woche hier abends arbeite. „Wie lange musst Du denn heute noch?", wollte ich wissen. „Bis um Mitternacht, dann habe ich frei." „Hast Du Lust, danach noch mit mir etwas zu trinken?" „Ja, gerne."

Der Abend verging wie im Flug, und schon war es 24 Uhr. Teresa verschwand kurz im Büro und zog sich um. Sie kam mit offenen Haaren zurück, trug ein schickes T-Shirt und eine Lederjacke. Stiefel hatte sie an und eine hautenge Jeans. Teresa war zuckersüß. Wir gingen in eine andere Bar, in der auch ein Billardtisch stand, der mich auf eine Idee brachte. „Was hältst Du von einem Spiel?", fragte ich.

„Cool, ich liebe Billard. Da bin ich irre gut." „Sicher?" „Klar, ich fege Dich vom Tisch", grinste sie. „Pass mal auf, wir spielen um einen Einsatz. Wenn Du gewinnst, hast Du einen Wunsch frei, wenn ich gewinne, habe ich einen Wunsch frei." „Einverstanden", lächelte sie. „Und was wünscht Du Dir, falls Du gewinnst?" „Dich." Sie schaute mich mit großen Augen an. „Wie meinst Du das?"

9

„Na, Dich, eine Nacht mit Dir." „Hm, mit Sex und allem?" „Ja. Wenn ich gewinne, möchte ich eine Nacht mit Dir, mit allem, was dazugehört."

Teresa wirkte unsicher. Sie überlegte. „Gut, okay, aber nur, wenn Du meinen Wettwunsch akzeptierst." „Und der wäre?" „Wenn ich gewinne, spendierst Du mir neue Schuhe." Wie bitte?", fragte ich nach. „Na, dann gibst Du mir Geld für neue Schuhe. Ich hab welche gesehen, die möchte ich unbedingt haben. Die kosten 129 Euro." Ich überlegte. „Gut, so soll es sein." Wir schlugen ein.

„Best of 3", sagte sie und eröffnete das Spiel. Teresa spielte gut, sehr gut sogar. Mit Sicherheit, Können und Geschick stieß sie die Kugeln richtig an. Ich staunte. Sie hatte nur noch eine plus die Schwarze auf dem Tisch, ich noch 4. Mist! Jetzt musste ich zulegen. Und ich traf. Und traf. Und traf. 3 hintereinander lochte ich ein, doch dann war Schluss. Teresa beendete das Spiel mit 2 Treffern am Stück.

„Ich freue mich schon auf die Schuhe", grinste sie. „Na warte, noch ist es nicht vorbei", konterte ich und stieß die zweite Runde an. Ich wusste, was auf dem Spiel stand, also konzentrierte ich mich doppelt.

Diesmal war ich der Bessere. Schnell und zügig bewies ich mein Billardkönnen und schickte die 8 schlafen, während Teresa noch 3 Kugeln auf dem Tisch hatte. „Sehr gut", lobte sie mich. „Das Spiel habe ich Dir geschenkt, um es spannend zu machen. Jetzt zählt´s!" Teresa startete gut, schnell hatte sie 4 Kugeln versenkt. Ich hielt dagegen und spielte mein bestes Billard. Es wurde richtig eng. Nur noch die 8 lag auf dem Tisch.

Teresa verfehlte ihr Loch um Haaresbreite, ich musste treffen. Konzentration. Stoß. Loch! Jubel! Hurra!

„Ich habe gewonnen! Hast Du gesehen?", grinste ich sie an. „Ja, habe ich", war ihre Antwort. „Du hast echt gewonnen. Glückwunsch." Sie schüttelte meine Hand und drückte mir ein Küsschen auf die Wange. „Du hast sehr gut gespielt", lobte sie mich. „Du weißt jetzt, was das bedeutet?", fragte ich sie. „Ja, Du bekommst mich heute Nacht. Versprochen ist versprochen." „Schade nur um die Schuhe", flüsterte sie und holte ihre Jacke. Wir gingen zu ihr.

Teresa wohnte in einer kleinen 2-Zimmer-Wohnung im Zentrum Münchens. „Pass auf, ich habe unter folgenden Bedingungen Sex mit Dir", sagte sie: „Nur mit Gummi, zärtlich und respektvoll, kein Anal oder sonstige Perversitäten." „Klar", bestätigte ich, „mach Dir keine Sorgen."

„Wenn Du weißt, was es für kranke Typen gibt, machst Du Dir aber Sorgen", meinte sie nachdenklich und zog sich aus. Auch ich zog mich aus. Da standen wir nun, nackt, und schauten uns an. Teresa hatte einen wunderschönen Körper, mädchenhaft und unschuldig frisch. „Na mach schon", forderte sie mich zwinkernd auf, die Initiative zu übernehmen. Ich küsste sie und trug sie aufs Bett, wo ich anfing, ihre Brüste zu liebkosen. Teresa hatte kleine, schöne Titties, in ihrer rechten Brustwarze war ein Piercing.

Weiter ging es down south, bis ich an ihrer Muschi angelangt war. Die schmeckte prima. Ich leckte sie mit meiner Spezialtechnik innerhalb von wenigen Minuten zu 2 Orgasmen.

„War das heftig! Noch nie hat mich einer so gut geleckt, das war göttlich!", lobte sie mich. „Kannst Du auch so gut ficken?" „Mal sehen", sagte ich mit hochgezogener Augenbraue und steckte meinen harten Knüppel in ihre Lustgrotte. Die war eng und nahm meinen Schwanz saugend auf. Ich fickte sie in der Missionarsstellung und blickte in ihr wunderschönes Gesicht, auf ihre Brüste, ihre Muschi, die mit einem zarten, hellen Schamhaarstrich begrast war. Ich fickte sie zart, hart, langsam, schnell. Sie stöhnte laut, leise, schnell, kurz, lang. Sie kam. Ich kam. Es war geil!

„Du kannst genauso gut ficken wie lecken", hechelte sie und küsste mich zärtlich. Ich war glücklich. Ein 18-jähriges Ding im Bett, bildhübsch, geil und willig. Ich hatte sie gewonnen, erobert, beim Billard besiegt und herumgekriegt. Was bin ich nur für ein toller Hecht!

Wir tranken Cola und unterhielten uns über Sex. „Weißt Du, manche Typen sind echt krass im Kopf", erzählte sie. „Die wollen nur Sex und denken nur an sich, das sind dumme Fickprotze, die nichts im Hirn haben. Leider falle ich immer wieder auf solche rein. Du bist anders."

„Wie meinst Du das?", fragte ich. „Du bist gut gebildet, weißt eine Frau zu verstehen, hast Stil und Niveau. Das gefällt

11

mir. Zur Belohnung blase ich Dir jetzt einen." Ich staunte nicht schlecht, als sie mein Glied in den Mund nahm und zärtlich daran nuckelte. Blasen konnte sie unglaublich gut. Sie saugte jeden Zentimeter meines Dongs steif und übte mit ihrer linken Hand schönen Druck um meinen Schaft aus. Es war ein Bild für Götter! Sie kniete zwischen meinen Beinen und erhöhte die Blasfrequenz, bis ich kam. Mein Sperma spritzte in ihren Mund, sie schluckte alles. Geil!

Die Nacht blieb ich bei ihr. Den ganzen Vormittag hatten wir Sex. Ficken ohne Ende. Über 2 Stunden dauerte das Liebesspiel. Immer wieder bremste ich mich und nagelte dann weiter, immer wieder Stellungswechsel. Teresa konnte nicht genug bekommen und spornte mich zu Höchstleistungen an.

Sie war bereits dreimal gekommen, als ich an der Reihe war und in ihr ejakulierte. Die Befreiung war unglaublich, alle meine Muskeln lösten sich, ich genoss wie ein Weltmeister.

Sie musste leider zur Arbeit. Ich auch. Wir verabredeten uns für den späten Abend. Ich holte sie wieder um Mitternacht ab und wir wiederholten das Billardmatch. Diesmal mit einem anderen Wetteinsatz. Sie wollte immer noch das Geld für die Schuhe, ich Folgendes: „Wenn ich heute gewinne, darf ich filmen." „Was willst Du filmen?", fragte sie neugierig. „Uns", war meine Antwort. Sie verstand nicht und schaute mich ratlos an. Dann begriff sie: „Du meinst doch nicht etwa …". „Doch", grinste ich. „Genau das."

Teresa lachte. „Na, das ist ein heikler Wetteinsatz. Aber er gefällt mir. Einverstanden. Das ist der Kick, den ich brauche, um Dich platt zu machen", juchzte sie und legte los. Wieder spielten wir „Best of 3", und wieder gewann Teresa den ersten Satz, ich den zweiten und den dritten. SIEG! Ich darf filmen!

Irgendwie hatte ich aber das Gefühl, Teresa hatte mich gewinnen lassen. Ihre Blicke waren gierig, sie war geil, das spürte ich. Ab zu ihr. Meine Videokamera hatte ich dabei. Ich platzierte das Aufnahmemedium optimal zum Bett. Teresa verschwand kurz im Bad. Als sie wiederkam, stockte mir der Atem.

In Reizwäsche und High Heels stolzierte sie auf mich zu. Sie zog mir die Kleider vom Leib und begann, mich oral zu verwöhnen. Sie kniete sich so hin, dass die Kamera alles perfekt einfing. Mit Engelszunge und Mädchenhänden stimulierte sie meinen Schwanz und meine Eier. „Let′s ride", stöhnte sie und hockte sich auf mich.

Mit ihrem Gesicht zur Kamera ritt sie mich auf und ab. Ihre süße, enge Muschi passte perfekt um meinen Dickie. „Ich komme!", bereitete ich sie nach 5 Minuten auf meinen Cumshot vor. Schnell zog sie meinen Penis aus ihrer Fotze und wichste ihn in senkrechter Stellung zu Ende. Mein Sperma kam herausgeschossen und landete auf ihren Brüsten und ihrem Bauch. Sie wichste sensationell, ihre kleinen Hände hielten meinen Zauberstab fest wie einen Hammer, optimal vom Griff her.

Die nächsten Nächte verbrachte ich ebenfalls bei Teresa. Es war sehr schön mit ihr. Der letzte Sex mit ihr war der Hammer! Sie blies mich so geil zum Orgasmus, dass ich so viel Sperma in ihren Mund schoss, dass ihr die Hälfte hinauslief und auf die Knie tropfte. Ich verabschiedete mich von der kleinen Maus mit den Worten „Bis bald mal wieder".

Mary & Iris

Arbeitstrip nach Kopenhagen, 1 Woche Showvorbereitung stand auf dem Programm. Kopenhagen war Austragungsort einer großen, dänischen TV-Show, internationale Superstars waren angekündigt, es sollte ein Megaspektakel werden. Wurde es. Auch für mich.

Bereits am ersten Arbeitstag fiel mir die Mary auf, eine dänische Brünette, die als Backgroundtänzerin ihre Kohle verdiente. Ich beobachtete sie – sie gefiel mir: Mit Stöckel 1,75 groß, lange, braune Haare, fast bis zum Po, supersexy Figur, ein Strahlen wie Julia Roberts, nach mir rufende Möpse. Für mich stand fest: Die musste ich haben!

In der Pause suchte ich sie auf und sprach sie an. Sie konnte gut Deutsch und wir unterhielten uns nett ein paar Minuten, bis es weiterging. Mary war offen und zeigte Interesse an mir, daher fragte ich sie bei nächster Gelegenheit, ob sie am Abend schon etwas vorhabe. „Nein", antwortete sie, „hast Du einen Vorschlag?" „Du könntest mir ein bisschen Kopenhagen zeigen." Sie nickte. „Okay, wann hast Du Zeit?" „Ab 18 Uhr." „Prima, ich warte auf Dich."

Schön, ein Date! Und so einfach ergattert. Ich freute mich auf den Abend und zog pünktlich mit Mary los. Kopenhagen ist nicht nur das kulturelle und wirtschaftliche Zentrum des Landes, sondern auch Sitz des Parlaments, der Regierung und des Königshauses. Gegründet 1167. Zurzeit etwa 580.000 Einwohner. Eine der teuersten Städte der Welt. Solche Fakten lernte ich von Mary, die sehr viel über ihre Stadt und ihr Land wusste.

Besonders schön ist die Hafengegend. Tolle Gebäude, schicke Bars und Restaurants liegen dort eng und gemütlich aneinander. Mary führte mich zu ihrem Lieblingsrestaurant, einem würzigen Spanier, wir bestellten Filete de ternera und köpften eine Flasche Rotwein dazu. Vorzüglich war alles, das Essen, das Ambiente, die Stimmung, auch die Konversation mit Mary. Ich erfuhr, dass sie 26 Jahre alt war und „Musicaldarstellerin" studiert hatte.

„Tanzen ist mein Leben. Ich habe schon in vielen nationalen Produktionen mitgespielt, auch in internationalen, und will das so lange machen, bis ich merke, dass ich zu alt für die Tanzbühne bin. Dann will ich choreografieren."

Ich erzählte ihr von meinem Job als TV-Produzent und von meinem Traum, eines Tages Chef einer eigenen TV-Produktionsfirma zu sein. Nach dem 80-Euro-Essen, das ich zahlen durfte, ging es weiter. Wir schlenderten durch die Straßen und hielten an einem großen Haus. Mary öffnete die Tür und ging hinein. Wohin führte sie mich? Was hatte sie vor?

Hoch in den 6. Stock, dann öffnete sie erneut eine Tür – es war ihre Wohnungstür. „Das ist mein Reich!", präsentierte sie mir stolz. Marys Bude war groß, geräumig und schön eingerichtet. Teure Designermöbel, edle Wandleuchten, Luxusküche – dieses Mädel musste echt gut verdienen mit ihrem Getanze. Ich sollte mich aufs Sofa setzen und bekam 1 Bier in die Hand gedrückt. Ich war gespannt, wie forsch sie rangehen würde, doch sie ließ sich Zeit. Smalltalk. Fotoshow. Sie zeigte mir auf dem Laptop Bilder ihres Bühnenlebens. „Hier, das war vor 3 Jahren, da war ich in Amerika unterwegs mit einer Rock´n´Roll Show … das hier ist König der Löwen … und hier war ich Sarah in Tanz der Vampire …".

Schöne Fotos, sie hatte echt schon viel erlebt und geleistet. Plötzlich rutschte ein Bild auf den Bildschirm, das sie mir wohl so nicht zeigen wollte. Ein Oben-Ohne-Selfie. Schnell klickte sie weiter, doch meine Männlichkeit war geweckt. „Moment mal, was war das gerade für ein Bild?", fragte ich aufgeregt. „Noch mal zurück!" „Was meinst Du? Welches Bild?", staunte sie mich harmlos an. „Na, das Oben-Ohne-Bild." „Ach so", meinte sie, „das war eigentlich nicht für Dich gedacht, aber wenn Du es sowieso schon gesehen hast, dann spielt es ja keine Rolle mehr." Bereitwillig klickte sie zurück und ich sah ihre schönen Titties.

„Geil, verdammt sexy", lobte ich ihre dänischen Möpse und starrte weiter gebannt auf das Foto. Sie stand im Badezimmer vor dem Spiegel, Kamera in der linken Hand und drückte dabei auf den Auslöser. „Ich war einfach in der Laune, da habe ich …", erklärte sie.

„Du bist eine sehr schöne Frau", fuhr ich ihr ins Wort und blickte ihr tief in die Augen. Ich beugte mich zu ihr und küsste sie zärtlich auf den Mund. Sie ließ es sich gefallen und wehrte sich nicht. Gut. Also weiter. Ich küsste sie immer intensiver, bis sie mitknutschte und mir ihre Zunge tief in den Hals steckte.

„Ich dachte schon, Du unternimmst gar nichts mehr", hauchte Mary mir ins Ohr und zog mich ins Schlafzimmer. „Du hast mir doch absichtlich das Nacktbild von Dir untergejubelt, um mich geil zu machen, oder?" Mary grinste mich an, das war Antwort genug. Marys Körper war bildschön. Ihre Brüste standen jung und frisch, ihr Bauch war straff und gut trainiert, ebenso ihr Po.

Ihre Hände weihten mich nun ins Land der dänischen Zärtlichkeiten ein. Ich lag nackt auf dem Bett und genoss, wie sie vor mir kniete und meinen Penis steif wichste. Dann machte sie mit dem Mund weiter. Zärtlich blies sie mir einen. Zu zärtlich, ich spürte nur ganz sanft ihre Lippen, es war eindeutig zu wenig Druck dahinter, um mich zum Orgasmus zu bringen.

Trotzdem genoss ich ihre Mundarbeit und den Anblick ihres geilen Körpers. Endlich zog sie mir ein Kondom über und nahm auf mir Platz. Nun war schon für mehr Druck gesorgt, denn sie war schön eng und konnte zudem verdammt gut reiten. Rodeostyle bevorzugte sie. Wild und leidenschaftlich sauste sie auf mir auf und ab und verwöhnte unsere beiden Körper einfach genial.

Jetzt durfte ich. Ich wollte sie unbedingt Doggy Style nehmen, was sie mir genehmigte. Von hinten stieß ich hart zu und nagelte ihr die Pussy wund. Ganze 15 Minuten hielt ich durch, bis ich es kommen spürte. Gewaltig war mein Orgasmus, gewaltig war auch ihrer, den sie pünktlich zu meinem erlebte. „Cool, cool, cool!", stöhnte sie wild und zitterte am ganzen Arsch. Ich ließ von ihr ab und entsorgte mein gefülltes Kondom im Müll.

„Mein guter Ficker", lächelte sie mich an und schloss mich in ihre Arme. „Das war sehr guter Sex", freute sie sich. „Wenn Du willst, kannst Du über Nacht bleiben." Ich hatte zwar nichts bei mir, keine Zahnbürste, keinen Schlafanzug, keinen Rasierer, aber so ein Angebot konnte ich unmöglich ablehnen.

Wir schliefen nackt. Naja, von Schlafen konnte erst mal nicht die Rede sein, denn Mary fing nach kurzer Pause schon wieder an, an mir herumzuspielen. „Dein deutscher Schwanz gefällt mir", lächelte sie und nahm ihn in den Mund, doch leider saugte sie erneut mit viel zu wenig Druck. Ich spürte fast nichts außer etwas warmes Nasses. Ich hoffte auf Besserung, doch besser konnte sie es nicht. „Mach es doch mal mit der Hand", forderte ich sie zum Stellungswechsel auf.

„Okay", antwortete sie und legte sich neben mich. Ihre rechte Hand war deutlich besser als ihr Mund, der Grip enger und stärker, ihre Bewegungen zügig und Orgasmus förderlich. Während sie mir einen runterholte, küsste sie zärtlich meinen Oberkörper und meinen Hals. Da bin ich sehr empfindlich. Zwischendurch wollte sie mal wieder mit dem Mund ran, aber ich hielt sie zurück und signalisierte ihr, dass sie einfach so weitermachen soll.

Mein Blick fiel auf ihre blitzblanke, dänische Muschi, die mich anfunkelte, doch gerade, als ich meine Hand nach ihr ausstreckte und zur Tat schreiten wollte, wichste sie mich über die Kante und bescherte mir einen Hammerorgasmus. Mein Sperma sauste heraus und spritzte über meinen Kopf hinweg an die Wand hinter mir. Die dritte Ladung spritzte nicht mehr so weit, nur noch in mein Gesicht, dann auf meine Brust, auf meinen Bauch, dann war es auch schon beendet.

„Cool, heftig!", grinste Mary zufrieden mit ihrer Leistung. „Spritzen alle deutschen Männer so krass wie Du?" „Weiß nicht", gab ich zurück, „aber das liegt auch an Dir, Du hast es super gemacht!" „Danke", freute sich die kleine Maus. „Dafür belohne ich Dich jetzt", kündigte ich ihr an. „Leg Dich hin."

Sie winkelte ihre Beine an und wartete darauf, von mir verwöhnt zu werden. Mit Hand oder Mund, überlegte ich. Na, mit beidem! Zuerst streichelten meine Hände ihren großen Kitzler, der dadurch noch größer wurde, dann spielte meine Zunge auf ihren Schamlippen die Tonleiter auf und ab. „Cool, cool, cool!", stöhnte sie wieder und räkelte sich sinnlich auf dem Bett. „Leck mich auch drinnen", wünschte sie sich von ganzem Herzen.

Warte ab, Mädel, dachte ich, wenn ich jetzt gleich mit meiner speziellen Lecktechnik loslege, dann drehst Du durch.

Ich hatte Recht. Als ich meine Zunge 2 cm in ihre beheizte Röhre steckte, nach oben gegen die Scheidenwand drückte, kreisende Bewegungen ausführte und dabei ihre Klitoris mit meinen Fingern massierte, waren bei ihr alle Dämme gebrochen.

Ich gab Gas und merkte, dass sie jeden Moment die Ziellinie überqueren wird. „Cool!", stöhnte sie laut ab und ließ sich gehen. Sie zuckte wie ein Affe unter Strom, ihr Körper hob fast ab, sie erlebte Weihnachten und Ostern an einem Tag. Als sie fertig war und ich aufhören wollte, drängte sie mich dazu, weiterzumachen. „Ich will noch mal kommen, es ist so cool!" Gerne. Knappe 3 Minuten später erfüllte sie ihr Versprechen und bebte erneut zu einem scheppernden Orgasmus. Ihre Pussy war ohnehin schon wund vom Fick, jetzt war sie es erst recht. Erschöpft ließ sie sich fallen und küsste mich am Hals. „Das war hammercool!", lechzte sie mir ins Ohr, davon will ich morgen mehr. So schliefen wir ein.

Der nächste Tag verging schnell und sehnsüchtig. Mary und ich warfen uns immer wieder heiße Blicke zu und freuten uns auf den Sex ab Abend. Nach erledigter Arbeit marschierten wir direkt zu ihr und legten los. Sie lag da mit angewinkelten Beinen und ich versuchte, die Schallmauer zu durchficken. Sehr animalisch ging es zur Sache, bis ich kam und laut stöhnend auf ihr zusammenbrach. Ich konnte mein Becken und meine Oberarme kaum noch spüren, so anstrengend war der Fick für mich gewesen. „Ich bin zweimal gekommen", stöhnte mich Mary erschöpft, aber glücklich an. Echt? Das hatte ich in der Aufregung gar nicht gemerkt.

Mein Bauch meldete sich zu Wort. Hunger! Ich trug Mary mein Bedürfnis vor, doch anstatt eine Kleinigkeit zu kochen, wollte sie schick ausgehen. Na gut, alright. Wir zogen uns an und ließen uns diesmal mexikanisch verwöhnen. Das Essen mundete meinem Magen, eine hübsche Blondine am Nebentisch meinen Augen. Die kenne ich doch, dachte ich, und überlegte. Immer wieder blickte ich rüber und starrte sie an. Sie lächelte zurück. Wer war sie, verdammt noch mal?

Ich kam einfach nicht drauf. Mary flirtete am Tisch heftig mit mir und fußelte mir fast beide Beine weg. Am liebsten hätte sie mich wohl direkt auf dem Buffettisch genommen, aber das musste warten. Wir zahlten und verließen das Restaurant.

Noch einmal drehte ich mich zu der heißen Blondine um und schenkte ihr mein verführerischstes Macholächeln, das sie mit einem ebenso geil machenden Grinsen quittierte.

Mary war unglaublich heiß auf mich und zog sich sofort aus, als wir in ihrer Wohnung angekommen waren. Dann mich. „Komm, ich ficke Dich", stöhnte ich sie an und organisierte mir ein Kondom aus ihrer Schublade. Ihre haarfreie Muschi war bereit und willig, meinen Penis komplett in sich aufzunehmen.

In der schönen Missionarsstellung nagelte ich sie wieder verdammt hart, bis ich meinen Orgasmus anrollen spürte. Ich zog schnell meinen Schwanz aus der Tropfsteinhöhle und riss mir den Kautschukregenmantel herunter, dann kam es mir auch schon. Mary griff nach meinem Penis und wichste fleißig mein Sperma auf ihren Körper. Die ersten Spritzer waren mächtig und prallten an der Wand ab, die nächsten landeten in ihrem Gesicht, dann weiter auf ihre Brüste und ihren Bauch. Mary wichste verdammt gut.

Nun durfte auch sie nicht zu kurz kommen. Ich befahl ihr, sich auf den Bauch zu legen und ihre Beine weit zu spreizen. Zärtlich begann ich, ihre Füße zu lecken und nahm jeden ihrer Zehen einzeln in den Mund. Dann arbeitete ich mich hoch, über ihre Waden, die Rückseite der Oberschenkel bis hin zum Feuchtgebiet. Nach ein paar zarten Küssen und Beißspielchen war nun ihre saftige Pussy dran. Von hinten leckte ich sie und tauchte mit meiner Zunge tief in ihren Spalt ein. Meine edle Nase schloss dabei Bekanntschaft mit ihrem Anus, der überraschend gut duftete. Welch ein Glück!

Mary zuckte und stöhnte wild, als ich meine Twistertechnik einsetzte und sie innerhalb von wenigen Minuten mit dem Orgasmus erlöste. Dabei bebte ihr Becken, sie drückte mir den Po nun voll ins Gesicht, die Hälfte meiner Nase befand sich nun in ihrem Hintern. Da roch es schon intensiver. Schnell wieder raus! Dankbar umarmte sie mich mit ihrem „Cool, cool, cool!"-Slogan und knutschte mir das Schmalz aus dem Hirn.

Wir sahen etwas fern, bevor wir in Ruhe einschliefen. Am nächsten Morgen auf dem Weg zur Arbeit musste ich immer an eines denken: an die hübsche Blondine vom Restaurant. Wer war sie, verdammt noch mal? Eine halbe Stunde später, die Proben liefen auf Hochtouren, wusste ich die Antwort: Sie war eine Tänzerin des Haupt-Showacts. Da war sie wieder! Ich sah sie auf der Bühne tanzen, singen und strahlen. Wow! Ich musste mit ihr ins Gespräch kommen.

Nichts leichter als das. Am späten Nachmittag konnte ich ihre Bekanntschaft machen. Ich suchte sie und fand sie im Backstage-Bereich mit einer Zigarette in der Hand. „Hey, hier ist Rauchen verboten!", rief ich ihr mit einem zwinkernden Auge zu. Sie blickte auf, erkannte mich sofort und strahlte zurück: „Ach, Du bist das! Gestern im Restaurant, erinnerst Du Dich? Ich habe mich den ganzen Abend und die liebe, lange Nacht gefragt, woher ich Dich kenne, jetzt weiß ich es." „Dito", antwortete ich. „Wie geht es Dir?" „Danke, gut, und Dir?" „Mir auch, jetzt, wo ich Dich wiedergefunden habe."

Ich erfuhr mehr von ihr: Iris war ihr Name, 22 Jahre alt, Profitänzerin aus Hamburg. „Ist schon fett, bei so einem megageilen Spektakel dabei zu sein", konnte sie ihr Glück kaum fassen, „das ist die mit Abstand größte Produktion für mich bisher." Ich lobte sie und versprach ihr eine tolle Karriere: „Du bist jung, hübsch und tanzt toll. Und Du hast ein unglaubliches Sexappeal, das musst Du ausnutzen. Glaube mir, so kannst Du es zum Star schaffen." „Heißt das, dass ich mit allen Produzenten in die Kiste muss, um Erfolg zu haben?", fragte sie kritisch. „Nein, nur mit mir", schoss ich frech zurück. Wir lachten. „Hey, keine Sorge, war nur ein Scherz", verharmloste ich meine Intention, woraufhin sie nur kurz meinte: „Schade." „Wie bitte?", fragte ich nach. „Was hast Du gerade gesagt?" „Ach, nichts", lächelte sie verlegen und sah zu Boden, „vergiss es." Weitere Versuche von mir, sie ihr sündiges Geständnis wiederholen zu lassen, blieben erfolglos.

Was nun, fragte ich mich. Will sie mich oder will sie mich nicht? Mary hatte ich sicher, aber diese Iris reizte mich ungemein. Ich beschloss, aufs Ganze zu gehen. „Sag mal, hast Du heute Abend schon etwas vor?"

„Why?" „Einfach so", antwortete ich, „wir könnten zusammen etwas unternehmen, etwas essen oder trinken gehen oder so." „Also, solange Du nicht ehrlich sagst, was Du heute Abend genau mit mir vorhast, erhältst Du keine Antwort", grinste sie mich an. „Wie meinst Du das?", fragte ich nach. „Komm schon, etwas essen oder trinken willst Du mit mir sicher nicht, oder? Sei ehrlich, was willst Du mit mir machen?" Okay, wenn sie es so direkt will: „Ficken." „Na bitte, geht doch", lächelte sie schelmisch, „dann sag es doch gleich und mach keine 5 Bogen." „Wie lautet Deine Antwort?" Die war kurz und knapp: „Okay, let´s go!"

Moment Mal, so schnell geht das nicht. Was soll ich mit Mary machen? Absagen, ganz einfach. „Wir treffen uns in 20 Minuten draußen, einverstanden?", schlug ich Iris vor, die ihren Segen dazu gab: „Gut, dann kann ich ja noch eine rauchen." Ich rannte wie ein Verrückter durch die Halle und suchte Mary, die ich schließlich nahe der Umkleidekabine fand. „Du, ich kann heute Abend leider nicht", erklärte ich ihr, „ich habe noch einen wichtigen Termin." Traurig nickte sie und drückte mich. „Morgen wieder", beruhigte ich sie und versprach ihr tollen Sex, was ihr Gesicht wieder aufhellen ließ. Gut, das war erledigt, schnell wieder zu Iris.

Iris war fertig und gehbereit. „Zu mir oder zu Dir?" „Zu Dir", antwortete sie und folgte mir in mein Hotel. Angekommen im Zimmer, bat ich sie um eine kleine Dusche. „Ich hüpfe noch schnell unter die Brause, dann bin ich bei Dir, Roger?" „Du, ich bin auch verschwitzt vom Tanzen. Hast Du was dagegen, wenn ich mitkomme?" „Ganz im Gegenteil", strahlte ich und zeigte auf die Badezimmertür. „Ladies first", spielte ich den Butler von England und ließ sie eintreten. Iris zog sich ihren weiten Tanzpulli und ihr Top aus, zum Vorschein kam ein rosefarbener Sport-BH. Auch der fiel.

Sensationelle Brüste hatte die Iris, Gott persönlich hatte dieses Paar wohl gemeißelt. Nun war ihre Jogginghose dran, zum Vorschein kam ein rosefarbener String-Tanga. Auch der fiel. Was für eine niedliche Pussy! Ein kleines, rundes Büschel brauner Schamhaare bedeckte ihre Klitoris, sonst war alles kahl rasiert. Wie süß!

Hopps, stand sie schon unter der Dusche und genoss das frische Nass. Ich stand da wie eine Ölgötze und staunte. „Los, komm schon", rief sie mir freudig entgegen und warf mir einen vielsagenden Blick zu. In Sekundenschnelle war ich nackig und stand neben ihr unter der Brause. Doch geduscht wurde kaum, es wurde geknutscht. Iris war sehr geil auf mich und legte los wie die Polizei. Körperinspektion. Ihre Hände waren überall. Ich konnte kaum folgen, das Tempo, das sie ging, war oberaffengeil. Knutschen, streicheln, Penis stimulieren, Körper an Körper reiben, Brustwarzen saugen. Ich musste mich zusammenreißen, um nicht gleich vor Lust ohnmächtig zu werden. Also machte ich mit. Ich knetete ihre schönen Körbe und machte erste Bekanntschaft mit ihrem Venushügel.

Abtrocknen, eincremen, Sex – das waren die nächsten Punkte, die auf dem Programm standen. Die ersten waren unspektakulär, aber was dann folgte, war der absolute Wahnsinn. Iris war im Bett eine volle Granate. Sie dominierte mich nach allen Regeln der Fickkunst. Reiten in allen Variationen und Stellungen, dazu kannte sie alle möglichen Tricks, ihre Muschi immer wieder ruckartig zu verengen und mich bis zum Limit zu reizen.

Wenige Sekunden später explodierte ich und erlebte einen der bis dato heftigsten Orgasmen, die ich je hatte. Ich kam und stöhnte wie ein Wahnsinniger. Mein Körper zuckte irre herum und warf Iris fast von mir herunter, doch die ließ sich nicht beirren und ritt wie in Trance weiter und weiter, bis ich mich erschöpft fallen ließ und ausruhte. Ich bekam gar nicht mit, dass sie kurz nach mir ihren Orgasmus erlebte, zu fertig war ich. Es war der Ritt des Jahrtausends!

Glücklich nahm ich die kleine Maus in meine Arme und lobte sie für ihre Glanzleistung. „Und, machst Du mich jetzt berühmt?", fragte sie mich mit glänzenden Augen. „Ich werde es versuchen", versprach ich ihr und schlief wenig später glücklich mit ihr ein. Am nächsten Morgen wurde ich mit ihrer Muschi in meinem Gesicht wach. Zuerst erschrak ich, dann kapierte ich. Sie war gerade dabei, mir einen zu blasen. In der 69er-Position war sie auf mir drauf und stimulierte meinen müden, aber interessierten Helden mit ihren sanften Lippen. Das gefiel mir.

Ihre Pussy hing in meinem Gesicht und wollte geleckt werden. Okay, bitteschön. Zärtlich fing ich an, ihre Schamlippen zu säubern und widmete mich dann ihrem Lustknopf. Iris stöhnte laut auf, als ich ihre Klitoris berührte und daran spielte. Schließlich leckte ich sie immer wilder, bis sie kreischend ihren Höhepunkt erreichte.

Just in dem Moment überschritt auch ich das letzte Hindernis und spritzte meine Ladung ab. Als es vorbei war, drehte sich Iris zu mir um: ihr ganzes Gesicht voll von meinem Sperma. Wie süß! Sie sah so engellike, so mädchenhaft, so sündig aus. Von dieser tollen Schlampe musste ich mehr haben! Wir verabredeten uns für den späteren Abend und ich verließ schnell das Hotel, um meinen Probenzeitplan einzuhalten.

Die Proben liefen gut, die Zeit verging wie im Flug und schon bald war es Abend. Mein Plan war, den frühen Abend mit Mary zu genießen, den späten dann mit Iris. Zum Glück spielten beide Frau mit. Mit Mary verschwand ich unauffällig gegen 18 Uhr, doch Lust auf Essen hatte ich nicht. Ich hatte Lust auf Sex. Also schnell zu ihr.

Mary zögerte keine Sekunde und nahm meinen Dong gierig und ohne Vorspiel in ihren Mund. Nun begann sie wieder, so komisch zu blasen, dass sich bei mir kaum etwas tat. Iris konnte viel besser blasen. Ich aktivierte Plan B und übernahm die Initiative. Mary sollte sich aufs Bett legen und entspannen. Ich leckte ihre saftige Pussy zum Orgasmus, dann fickte ich sie Doggy Style, so lange, bis ich kam. Das reichte mir dann auch. Ich erzählte ihr von einem wichtigen Geschäftsessen und dass ich leider weg muss. Sie verstand es und küsste mich zum Abschied auf den Mund.

Dieser Mund küsste 20 Minuten später die süße Iris. In Hot Pants und hautengem T-Shirt verführte sie mich. Ein Strip, ein Lick, ein Fick. Sie strippte göttlich, ich leckte sie zu 2 Orgasmen hintereinander, dann fickte sie mich in der Reiterstellung bis zum spritzigen Ende. Kurz vor dem Einschlafen bat ich sie, mir noch eine Massage zu geben, was sie bereitwillig tat. Soft cremte sie mich von oben bis unten ein und kümmerte sich in letzter Instanz um meinen Long Dong, den sie mit einem happy ending erlöste.

Sie wichste so gut, dass mein Sperma in hohem Bogen herausgeschossen kam und sich auf dem Bett verteilte. „Wow", grinste Iris voller Freude und war von ihrer erotischen Wirkung und Leistung sehr überzeugt.

Die letzten beiden Tage in Kopenhagen waren ziemlich anstrengend, es wurde hektisch, da die Generalprobe nicht optimal lief. Zeit für Überstunden. Schließlich ging das Berufliche vor. Ich sagte beiden Mädels für den Abend ab und verblieb bis 2 Uhr nachts mit dem Team in der Halle, um sämtliche Lichteinstellungen neu zu belegen. Sonntag war Showtag. Gott sei Dank funktionierte alles so wie es sein sollte, und um 23 Uhr lagen sich alle beteiligten Verantwortlichen und Künstler glücklich in den Armen. Ich hatte noch 1 Übernachtung in Kopenhagen und konnte mich nur für einen scharfen Zahn entscheiden.

Die letzte Nacht gehörte Iris. Mary dankte ich für die schöne Zeit und vergaß sie. Iris schenkte mir zum Abschluss Ficken im Stehen und am nächsten Morgen einen Abschieds-Blowjob vom Allerfeinsten. Ich versprach ihr, mich für sie einzusetzen und sie weiterzuempfehlen. Wir tauschten unsere Kontaktdaten und ich flog zurück nach München.

Tammy

Tammy war blutjunge 18 und sah aus wie Britney Spears in ihren besten Jahren. Ich war gerade im Schnitt, als sie hereinkam und nach Ursula fragte. Ursula ist Cutterin und arbeitete schon seit 3 Jahren für die Firma. Ich brachte Tammy ins Nebenzimmer, wo die beiden jungen Damen sich innig umarmten und 10 Minuten miteinander quatschten. Dann kam Tammy zurück, verabschiedete sich höflich von mir und ging. Ich war entzückt. So etwas Süßes hatte ich lange nicht mehr gesehen. Auf meine Frage hin erzählte mir Ursula, dass Tammy ihre Schwester sei. Für mich stand fest: Die musste ich haben.

Tammy hatte mit 16 ihren Realschulabschluss gemacht und dann ihre Lehre zur Friseuse. Sie arbeitete in einem Laden namens „Hairy Hair" in München. Meine Haare waren sowieso schon wieder etwas länger geworden, also beschloss ich, zum Friseur zu gehen, und zwar zu Tammy. Ich rief im „Hairy Hair" an und ließ mir einen Termin Ende der Woche geben.

Und da war sie: sexy angezogen in einer engen, schwarzen Jeans und einem flippigen, bunten Top. „Na, alles Roger bei Dir?", empfing sie mich. „Klaro, alles bestens", erwiderte ich. „Setz Dich, ich wasche Dir erst einmal die Haare", sagte sie freudig und führte mich zum Becken. Sie duzte mich einfach, cool. Nachdem sie mir eine schöne Kopfmassage gegeben und meine Haare gewaschen hatte, ging die Schneiderei los.

Es entwickelte sich ein lockeres Gespräch. Von Vorteil war, dass gerade niemand außer uns im Laden war, ihr Chef machte Mittag und auch sonst waren keine Kunden da. Ich merkte schnell, dass Tammy ein sehr offener Mensch war, sie plauderte fröhlich darauf los und erzählte mir von ihrem Leben. Ich berichtete ihr aus meinem Berufsalltag, was sie total spannend fand. „Ich würde auch gerne so etwas machen. Film und Fernsehen, das ist geil." Ich fragte sie, ob sie Lust hat, mit mir noch einen Kaffee zu trinken, doch es ging nicht, da sie bis 16 Uhr arbeiten musste. Wir verabredeten uns für 16:15 Uhr in einem Bistro. Ich fuhr zurück in die Firma und erledigte noch etwas Bürokram, dann stand das Date mit Tammy an.

Wir quatschten da weiter, wo wir aufgehört hatten. Ich merkte, dass ich ihr gefiel. „Du bist ein sehr attraktiver Mann", meinte sie. „Kein Wunder, bei dem tollen Haarschnitt", zwinkerte ich ihr zu. Dann beugte sie sich vor und flüsterte mir ins Ohr: „Ich finde Dich voll geil, willst Du mit mir ficken?" Ich war sprachlos. So ein scharfes Luder! Aber was blieb mir für eine Wahl? So ein zierliches, junges Mädchen zu enttäuschen und abzuweisen, könnte langwierige Schäden bei ihr verursachen. Verlust von Urvertrauen und so. Also sagte ich: „Ja, gerne, wann und wo?"

„Was hältst Du von jetzt? Komm mit, ich habe eine eigene Bude, da sind wir ungestört." „Let´s go!" Tammy wohnte in einer kleinen 1½-Zimmer-Wohnung im Norden Münchens. Es war ziemlich unordentlich, was mich aber nicht weiter störte. An der Wand hingen Bilder von halbnackten Männern, Kalenderfotos, nichts Schlimmes. Kaum angekommen, fiel sie über mich her und entkleidete mich schneller, als das jemals eine andere Frau zuvor getan hatte. Dann zog sie sich aus. Zum Vorschein kam ein junger, hübscher Mädchenkörper. Über ihrer Muschi hatte sie ein Tattoo mit Pfeil nach unten in Richtung Pforteneingang. Sie war blank rasiert und so süß.

Schnell und sicher streifte sie mir ein Noppenkondom über und begann auf mir zu reiten. Ich wusste nicht wie mir geschah, so schnell ging alles. Nach ein paar Minuten überschritt ich den point of no return und spritzte lautstark ab. Gleichzeitig spürte ich ihre Kontraktionen, also war auch sie am Kommen. Heftig war´s.

Nach einer kurzen Pause sagte sie gierig: „Das war echt super! Komm, noch mal!" Schwupps, war sie wieder auf mir drauf und begann, ihn erneut hart zu reiten. „So, jetzt Du", forderte sie mich auf. Ich legte mich auf sie und fickte sie, was das Zeug hielt. Sie kam schon wieder, ich auch. „Boa, Du bist echt der Wahnsinn!" Sie küsste mich auf den Mund und gab mir ein paar Minuten zum Verschnaufen, ehe sie erneut anfing, meinen Penis zu bearbeiten, diesmal mit ihrer Hand. „Jetzt besorge ich es Dir auf die easy Tour", säuselte sie genüsslich. „Warte mal", hakte ich ein, „mir wird das echt zu viel." „Ach was, das ist einfach nur geil!

Siehst Du, er wird schon wieder steif", grinste sie und erhöhte das Tempo. Tatsächlich, er wurde schon wieder hart. Gekonnt masturbierte sie mich, bis ich kam. Ich spritzte in ihr Gesicht, was sie beabsichtigt hatte. Mein Samen landete an ihrer Stirn, ihrer Nase und ihrem Kinn. Was für ein Anblick! Sie schlürfte ihn weg mit den Worten „Lecker, das schmeckt gut. Davon möchte ich mehr haben".

Was das bedeutete, bekam ich kurz darauf zu spüren. Nun war ihr Mund an der Reihe. Tammy begann, mit ihren süßen, roten Lippen meinen in sich zusammengesunkenen Helden zu umkreisen und nahm ihn schließlich komplett in den Mund. Obwohl ich gar nicht mehr wollte und äußerst befriedigt war, merkte ich, dass noch Leben und Lust in meinem Prügel steckte. Mit der einen Hand rieb sie sich ihre Muschi, mit den anderen streichelte sie meine Eier und meinen Penisschaft, während sie mit dem Mund überzeugende Arbeit leistete.

Obwohl er langsam anfing zu schmerzen, genoss ich es, diese 18-jährige bildhübsche Nymphomanin, diese Männer-Killerin, diese geile Schlampe zu beobachten, wie sie es nicht nur mir, sondern auch sich selbst besorgte. Sie verstand es zu blasen. Mit Müh und Not erreichte ich meinen vierten Orgasmus in weniger als 2 Stunden. Ich spritzte meine letzten Tropfen in ihren gierigen Hals, sie schluckte alles genüsslich hinunter.

„Ah, war das geil!", stöhnte sie und rubbelte an sich weiter. „Törnt es Dich an, wenn ich es mir selbst mache?" „Ja", keuchte ich aus dem letzten Loch. „Okay, dann schaue zu." Die Show, die sie mir bot, war der Hammer. In allen denkbaren Positionen präsentierte sie sich mir, sie rieb sich genüsslich ihren Kitzler und spielte an ihrem Anus herum. Wie kann man mit 18 Jahren schon so versaut sein, dachte ich. Stöhnend kam sie zum Orgasmus. „Hat es Dir gefallen?", fragte sie neugierig. „Ja, das war voll geil!", bestätigte ich ihre Darbietung. „Und, noch mal ficken?" Ich war sprachlos. Nicht schon wieder, das halte ich nicht mehr aus.

„Ich muss jetzt gehen, ich habe noch einen Termin." „Schade, ich hätte gerne noch mal", meinte sie traurig. Diese junge Frau war der Wahnsinn. Die konnte wohl nie genug bekommen.

Ich war schon mit vielen wilden und sexgeilen Frauen im Bett gewesen, aber so eine wie Tammy hatte ich noch nie gehabt. Sie toppte alle. „Ich fand´s echt geil mit Dir", küsste ich sie zum Abschied und verließ sie erschöpft und mit einem wunden Penis.

Bei einer betriebsinternen Veranstaltung 2 Jahre später traf ich Tammy wieder. Sie war nun 20 und strahlte puren Sex aus. Tammy kam auf mich zu und umarmte mich fest: „Na, der Tiger ist auch hier?" „Du siehst klasse aus", lobte ich sie. „Du auch." Tammy erzählte mir, dass sie 1 Jahr in Australien gewesen war. „Friseuse in Down Under war eine lustige Erfahrung, eine schöne Zeit, ich wäre gerne länger geblieben, doch ich bekam leider kein Visum." Dann blickte sie mich verführerisch an, schmiss sich in Pose und legte ihre Hand auf meine Schulter. „Und, hast Du heute Abend schon etwas vor?" Ich war frei. „Ich stehe Dir zur Verfügung", grinste ich Tammy an, die zurückgrinste.

Ich freute mich schon auf den Sex mit Tammy, wusste aber auch, dass sie mir wieder alles abverlangen würde. Gegen 20 Uhr verschwanden wir diskret und fuhren zu Tammy, die immer noch in derselben Bude wohnte wie damals. Kaum angekommen, ging es auch schon los. Sie riss uns die Klamotten vom Leib und begann, meinen Schwanz zu lutschen. Ihr Körper war genauso schön, wie ich ihn in Erinnerung hatte. Ich fickte sie volle Pulle bis zu unseren Orgasmen.

Mehr als 5 Minuten Entspannung gönnte sie mir nicht, schon war sie wieder aktiv und wollte mich reiten. Ihre Muschi senkte sie über meinen Penis und ließ ihn in ihre Liebesgrotte eindringen. Zuerst langsam, dann immer schneller beherrschte sie mich. Sie stöhnte wild, ihr dunkelblondes Haar wehte durch die Luft, ihr Körper war so schön. Ich kam. Sie auch. Wir zuckten beide wie von einem Zitteraal getroffen. Nun brauchte ich eine Pause. Tammy holte Drinks. Nach 20 Minuten war ich wieder bereit. Tammy befahl mir, mich zurückzulehnen und zu entspannen. Es folgte der Höhepunkt des Abends: ihr Blowjob. Tammy kann so gut blasen wie kaum eine andere. Sanft, aber gleichzeitig mit ausreichend Druck umfasste sie meinen Pimmelmann und wichste ihn in ihren Mund.

Als er vollsteif war, machte sie nur noch mit dem Mund weiter. Ihre rechte Hand kraulte meine Hoden, ihre linke lag an meiner Peniswurzel. Als es ernst wurde, wurde ihre linke Hand wieder aktiv und unterstützte ihren Mund bei der Arbeit. Sie machte es genau so wie Paris Hilton in ihrem Sexfilmchen „One Night in Paris".

Ich kam zu einem Hammerorgasmus. Tammy lächelte, mein Sperma tropfte aus ihrem Mund, es sah so geil aus. Zum Abschluss nahmen wir ein schönes Bad. Tammy lehnte sich dermaßen erotisch in meinen Schoß, dass ich schon wieder einen Steifen bekam.

Sie grinste und wollte noch einmal ficken. Das Wasser spritzte aus der Wanne, was uns aber so etwas von egal war. Ich nahm sie von hinten und rammelte wie ein Weltmeister. Mit letzter Kraft kam ich zum vierten Mal innerhalb von 3 Stunden. Ich küsste sie und versprach ihr ein Wiedersehen.

2 Jahre später bearbeitete ich meine Handykontaktliste und blieb bei Tammy hängen. Die hatte ich wirklich schon lange nicht mehr gesehen. Ich rief sie an und sie war sehr erfreut, meine Stimme zu hören: „Hey, Tiger, ich dachte schon, Dich hat der Erdboden verschluckt. Dass es Dich auch noch gibt." „Tja, ich war viel unterwegs", erklärte ich und kam zum Punkt: „Hast Du mal wieder Lust auf wilden Sex?" „Ja, gerne! Du kannst heute vorbeikommen. Ich bin ab 17 Uhr zu Hause."

„Perfekt", sagte ich, „bis dann", und freute mich auf das Frauenluder. Die nun 22-Jährige hatte sich kaum verändert. Bildhübsch war sie, mittlerweile mehr Frau als Mädchen, und strahlte pure Lust und Erotik aus. Ich war gespannt, ob sie immer noch so nymphoman war, wie ich sie kannte. Sie war!

Ohne Umweg landeten wir im Bett, wo sie mir zur Einstimmung einen blies. „Ich habe mein iPhone dabei, darf ich ein paar Klicks machen?", fragte ich frech. „Klaro", meinte sie, „mach ruhig" und lutschte weiter. Ich griff neben das Bett und holte aus meinem Aktenkoffer. Tammy liebte dieses Spiel und posierte schön mit meinem Schwanz im Mund. Nach 6 Minuten war es soweit: Ich schoss meine Ladung in ihr Gesicht und drückte gleichzeitig ab. Das Bild, das ich sah, war oberaffengeil:

Tammy grinste in die Kamera, Mund offen, Zunge draußen, ihre rechte Hand um meinen Penis, ihre linke Hand an meinen Hoden, ihre Brüste drauf, mein Sperma auf dem Weg in ihr Gesicht. Und alles gestochen scharf! Ich legte das Phone beiseite. Genug geknipst, jetzt wird gefickt. Wir taten es in der Löffelchenstellung und beendeten es Doggy Style, oben rein. Irre. Ihr süßer Po war so schön und jung, ich strahlte vor Glück.

Nach einer kurzen Pause ging es weiter. Ich rubbelte ihre süße Clit heiß und leckte mit meiner Spezialtechnik weiter und tiefer, bis sie spitze Schreie ausstieß. Aha, ihr Orgasmus!

Nun war ich dran, verwöhnt zu werden. Sie schob mich vor den großen Wandspiegel, stellte sich hinter mich und begann, mir einen runterzuholen. Ich sah genüsslich zu, wie sie es mir besorgte. Als es kam, landete es auf dem Spiegel, der immer trüber wurde und zulief. Ich hatte noch nie zuvor einen Spiegel vollgewichst, aber schließlich muss immer irgendwann das erste Mal sein. Die Tammy putzte das edle Teil sauber, dann meinen Schwanz. Ich hatte genug, aber Tammy wollte mehr. Typisch für diese kleine Drecksau.

Sie zeigte mir eine Kamasutra-Stellung. „Ui, gelenkig", meinte ich und verbog mich aufs Beste. Irgendwie ging es, doch nach 5 Minuten tat mir der Rücken weh. Ich fickte normal weiter und wollte kommen. „Noch nicht, weiter!", befahl sie mir. Na gut. Ich presste den Orgasmus weg und konzentrierte mich auf die Mechanik. Doch ihr Anblick war zu schön. Ich kam. „Schon fertig?", fragte sie. „Schade." „Sorry", entschuldigte ich mich. „Das liegt an Dir, Du bist halt so geil." Das waren die richtigen Worte, die wollte sie hören.

Mit supergeilen Exklusivfotos im Gepäck verabschiedete ich mich von Tammy und konnte es kaum erwarten, diese auf meinem Laptop zu betrachten. Die Pics waren besser als alle Pornobilder, die ich auf meinem PC habe. Tammys Blick war einzigartig geil, verrucht, sexy, mädchenhaft, erotisch, verführerisch. Mit einer unglaublichen Leidenschaft verwöhnte sie meinen Penis, ich hatte sofort einen Steifen und legte Hand an. Die Pics wirkten so lebendig, so real. Als Höhepunkt kam der Cumshot, auf dem Foto und in meiner Hose. Ich war happy, verklebt und elektrisiert. Tammy, Du bist eine Sexgöttin!

Rimma

Rimma war 1,80 groß und ein bekanntes, russisches Topmodel. Sie war äußerst gepflegt und verbrachte den Großteil des Tages im Fitnessstudio, in der Sauna und bei diversen Wellness-Behandlungen. Sie war eine Frau von Welt, fast schon adelig.

Ich lernte sie an einem frühen Dienstag kennen, als sie in einem unserer Studios ein Fotoshooting von sich machen ließ. Wow, dachte ich, was für eine Frau! Ich betrat die Szenerie und schaute neugierig zu. Auf dem Boden lag ihre Fotomappe. Ich blätterte darin herum und bekam einen Steifen. Unglaublich schöne Fotos einer unglaublich schönen Frau! Sie sah in natura genauso perfekt aus wie auf den Pics.

Pause. Rimma kam zu mir und setzte sich neben mich. „Ist ganz schön anstrengend, oder?", startete ich den Flirt. „Was meinst Du?", fragte sie. „Na, das ewige Posieren und Lächeln in die Kamera." „Ja, aber mit der Zeit gewöhnt man sich daran. Ich mache das schon seit 10 Jahren, da ist es ein Kinderspiel." Sie lächelte und zog sich um. Ich betrachtete ihren Körper und konnte diese unglaubliche Schönheit kaum fassen. Weiter ging das Shooting.

In der nächsten Umkleidepause ging ich ran und fragte sie, wann sie Feierabend habe. „So gegen 15 Uhr sind wir fertig." „Ich lade Dich zum Kaffee ein, hast Du Lust?" „Nein", antwortete sie spitz. „Warum nicht?", fragte ich entsetzt. „Weil ich keinen Kaffee trinke. Aber gegen einen Cocktail hätte ich nichts einzuwenden." „Gebongt!", jubelte ich und verabredete mich mit ihr gegen 15:30 Uhr am Eingangstor des Firmenparkplatzes.

Rimma erschien sexy in hautenger Jeans und knalligem Top. Ihre schulterlangen, braunen Haare glänzten ebenso wie ihre Rehaugen. Wir spazierten 5 Minuten zur nächsten Cocktail-Bar und testeten den White Russian, der uns sehr zusagte. Ich merkte schnell, dass Rimma ein offener Typ war. Sie erzählte mir von ihrem 60-jährigen Millionärsgatten Berthold und vom Leben in der Schickeria Münchens.

„Wie ist es denn so mit einem 30 Jahre älteren Mann?", fragte ich interessiert. „Liebt man den wirklich, oder mehr des Geldes wegen?" Rimma lachte. „Berti ist ein lieber Kerl, er vergöttert mich und schenkt mir alles, was ich haben will. Immobilien, Autos, Häuser, Schmuck. Das Leben an seiner Seite ist einfach genial. Dafür gehe ich halt mit ihm ins Bett, früher öfter, heute nur noch selten. Ich weiß, dass er Frauen nebenher hat, Geliebte, Affären, auch Nutten, aber der Spaß sei ihm vergönnt. Früher hatte ich ein Problem damit und war furchtbar eifersüchtig, aber heute ist es mir egal."

„Und Du? Hast Du auch andere Männer?", wollte ich wissen. „Na klar! Wenn mir einer gefällt, dann vernasche ich ihn", grinste Rimma und zwinkerte mir zu. Ich nahm einen kräftigen Schluck und stellte ihr die entscheidende Frage: „Hast Du Lust, mich zu vernaschen?" „Ich mag Männer, die wissen, was sie wollen", lächelte Rimma und orderte den Ober her. „Wir zahlen!" 5 Minuten später saßen wir in unseren Wägen und fuhren zu Rimma. Sie entschied sich für ihre Wohnung im Herzogpark, unglaublich teure Gegend.

Rimma legte los wie die Feuerwehr. Schnell waren wir beide nackt und tollten auf dem riesigen Luxusbett umher. Das Bett war umringt von Spiegeln, sogar an der Decke hing einer. Geil! Rimmas Körper war wunderschön, ihre Haut zart und gepflegt, ihr Körper astrein trainiert, ihre Brüste absoluter Hammer, ihr Po knackig und trotzdem rund, ihre teilrasierte Muschi die Pforte ins Paradies. „Komm, fick mich", forderte sie mich auf, meinen Mann zu stehen.

Mit einem Noppenpräservativ drang ich in ihre Superpussy ein – das Gefühl war überwältigend! Rimma ließ sich leidenschaftlich gut ficken, dann übernahm sie das Kommando und ritt mich rücklings, bis ich kam. Ich knallte mein Sperma ins Gummi und zitterte am ganzen Körper. Rimma gab nun Vollgas, denn auch sie wollte kommen. Wenige Sekunden später schrie sie laut auf und schüttelte sich wild. Aha, so sieht also ein russischer Orgasmus aus! Schweißgebadet kroch sie in meinen Arm und meinte: „Das war ein absolut geiler Fick, danke!" Ich freute mich wie Lukas und erwiderte das Kompliment. „Ja, fand ich auch!"

Nach 30 Minuten wollte sie noch einmal, also taten wir es noch einmal. Diesmal Löffelchenstellung und dann Doggy, wobei ich das Spiel mit dem Spiegel sehr genoss. Ich konnte aus allen Perspektiven gut sehen, wie ich ihre wunderschöne Muschi nagelte. Auch Rimma betrachtete das Spektakel im Spiegelwald und bewegte sich äußerst sinnlich und lasziv, was meine Erregung ins Unermessliche trieb. Sie kam zuerst, dann ich. Es wurde spät. Als ich ging, versprach ich ihr, mich ganz bald wieder bei ihr zu melden.

Ein paar Tage später hatte ich wieder Zeit für ein Rendezvous mit ihr. Rimma empfing mich im kurzen, schwarzen Minirock und sexy, gelben Top. Ich überreichte ihr einen Strauß Blumen und durfte eintreten. Schnell zog sie mich ins Schlafzimmer, wo wir keine Sekunde verloren und heiß und intensiv miteinander knutschten. Ich spürte ihre Hand schon in meiner Hose und den Knüppel in meinem Sack. „Komm, lege Dich hin und entspanne Dich", säuselte sie mir ins Ohr und zog mir dabei Jeans und Boxershort aus. Es folgte ein Blowjob der Superlative. Rimma beherrschte diese Art des Flötenspiels exzellent. Gekonnt lutschte und leckte sie an meinem Penis herum, bis dieser bereit war zur Ejakulation. Rimma merkte dies und intensivierte ihr Geblase. Das war zu viel für mich und ich polterte lautstark zum Orgasmus.

Die ersten Samenspritzer schossen über 1 Meter hoch, was Rimma mit einem begeisterten „Ui!" quittierte, die nächsten Ladungen schluckte sie und leckte danach mein Glied sauber. „Wahnsinn, das war fantastisch", lobte ich sie und genoss den Moment. Rimma lachte und meinte: „Das war auch ein fantastischer Cumshot! So einen sieht man nur selten!"

„Bescherst Du mir auch so einen tollen Orgasmus?", fragte sie mich nach einer kurzen Pause und zog sich dabei den Rock und ihren String-Tanga aus. „Na klar, lege Dich hin", antwortete ich und schob ihr gelbes Top hoch, sodass ich freien Zugriff auf ihre Titten hatte. Die nuckelte ich erst einmal steif. Schon nach wenigen Sekunden waren ihre Brustwarzen härter als das verdammte Leben. Nun tiefer. Über ihren Bauch leckte ich abwärts zu ihrer schönen Pussy, die diesmal blank rasiert war. Geil!

Ich spielte und knabberte an ihren Schamlippen, dann konzentrierte ich mich auf ihren mittlerweile schon angeschwollenen Kitzler. Als ich den zu lecken begann, drehte Rimma fast durch und ließ ihrer Ekstase freien Lauf. Es machte mir unglaublichen Spaß, diese geniale Pussy zu verwöhnen, dass ich nach ihrem ersten Orgasmus einfach weitermachte und weitere folgen ließ.

Rimma war überglücklich und versicherte mir, einer der allerbesten Liebhaber zu sein, die sie je hatte. „Und glaube mir, ich hatte eine Menge", fügte sie hinzu. Wir genehmigten uns eine erfrischende Dusche und cremten uns gegenseitig ein, wobei es natürlich wieder zu sexuellen Handlungen kam. Ich massierte ihre Muschi, sie meinen Dong. Sie konnte das so gut, dass ich schon kurz vor dem Orgasmus war, als sie unbedingt noch auf mir reiten wollte. „Aber ich komme gleich, ich halte das nicht mehr lange aus", gab ich zu bedenken, doch das war ihr egal: „Ich will Dich aber spüren, egal wie lange", antwortete sie geil und zog mir rasch ein schwarzes Gummi über … und schon war sie auf mir drauf.

Ich hielt nicht mal 2 Minuten durch, dann überschritt ich den point of no return und spritzte lautstark ab. Fast gleichzeitig begann Rimma zu wackeln und schrie mir ihre Lust entgegen. Wir beruhigten uns, kuschelten noch ein wenig, dann musste ich gehen.

Die nächsten Wochen traf ich mich immer wieder mit der hübschen Russin, bis sie eines Tages zu mir sagte: „Du, wir haben ein Problem. Wenn wir so weitermachen, dann verliebe ich mich hoffnungslos in Dich, und das kann ich nicht zulassen. Verstehe mich nicht falsch. Ich will Dich nicht abservieren oder Dir wehtun, aber ich komme einfach mit meinen Gefühlen nicht mehr klar. Ich empfinde mehr für Dich als ich sollte. Ich möchte nicht, dass aus Spaß und Poppen Liebe wird. Naja, eigentlich wäre das wunderschön, aber es würde eine Menge Probleme mit sich bringen, es würde mein Leben auf den Kopf stellen. Kannst Du das verstehen?" Ich nickte. „Dann wird das heute also unser letzter Sex sein, oder?" Rimma bestätigte dies sehr traurig und drückte mich ganz fest. „Es tut mir leid", schluchzte sie. „Schon okay", beruhigte ich sie, „es ist wohl besser so."

Ich küsste ihre Tränen weg und liebkoste ihren bezaubernden Hals. Dann wanderten meine Hände unter ihr Shirt und beschäftigten sich mit ihren Brüsten. Sofort war Rimma erregt und tauchte in meine Hose ein.

Der Sex war phänomenal! Zuerst fickte ich Rimma im Stehen von hinten, dann in einer gelenkigen Kamasutra-Stellung, Doggy, Löffelchen und zu guter Letzt Missionarsstellung. Dabei küssten wir uns leidenschaftlich und pflegten ganz engen Körperkontakt. Wir kamen zusammen zum Höhepunkt und genossen die Nähe, die wir uns zum letzten Mal schenken durften.

Mit Tränen in den Augen verabschiedete mich Rimma und wünschte mir alles Gute. Ein Wiedersehen schloss sie nicht aus: „Lassen wir einfach mal ein paar Monate vergehen, dann schauen wir weiter. Vielleicht haben sich meine Gefühle dann wieder ein bisschen beruhigt und wir können uns wiedersehen. Okay?" „So machen wir´s", bestätigte ich und küsste sie ein allerletztes Mal.

Caro

Jo, ein Kumpel von mir, stellte mir auf einer Party seine Mitbewohnerin vor: Sie hieß Caro und gefiel mir auf den ersten Blick. Caro war mittelgroß, schlank und studierte Sport. Leichtathletik und Schwimmen waren ihre Hauptdisziplinen. Sie hatte lange, blonde Haare und verdammt viel Sexappeal. Ich musste diese Frau haben, soviel stand fest.

Ich engagierte sie für eine unserer Shows als Kandidatin. Nach dem Dreh fragte ich sie, ob sie Lust hat, mit mir mal etwas trinken zu gehen. Sie sagte spontan „Ja". An einem Donnerstag trafen wir uns endlich, nachdem sie zweimal den vereinbarten Termin abgesagt hatte. Caro kam sexy gekleidet und flirtete nicht schlecht. „Gib zu, ich gefalle Dir", lockte ich sie. „Ja, das tust Du", lächelte sie. „Ich würde Dich echt gerne mit zu mir nehmen."

Ich rief den Kellner herbei, zahlte und stand auf. „Was ist los?", fragte sie unsicher. „Habe ich etwas Falsches gesagt?" „Nein", beruhigte ich sie, „Du hast gesagt, Du würdest mich gerne mit zu Dir nehmen, also los!" Caro zögerte keine Sekunde, und schon waren wir auf dem Weg zu ihr. Sie wohnte in Ismaning, 3 Zimmer plus Hobbyraum, sogar einen kleinen Garten hatte sie. An der Wand hingen ein paar Nacktfotos, die ich natürlich sofort unter die Lupe nahm.

„Wir haben letztes Jahr von der Uni aus einen erotischen Kalender gemacht und den vermarktet. Sind alles Sportstudentinnen", erklärte sie. „Ist ganz schön was dabei zusammengekommen." „Das glaube ich gerne", säuselte ich, „bei so schönen Bildern." Caro war auf den Bildern komplett nackt, zeigte aber nicht alles bzw. alles bis auf ihren Schambereich. Die Bilder gefielen mir, sie waren ästhetisch und verführerisch.

Caro stolzierte auf mich zu und küsste mich. Schnell waren wir nackt und ich betrachtete ihren Körper: stehende Brüste, trainierter Bauch, schöne, kräftige Oberschenkel, kahl rasierte Muschi. Diese Traumfrau kümmerte sich nun um meinen Dong. Ihre langen Finger umschlossen meine Penis und ich sah zu, wie sie ihn langsam masturbierte, dann schneller.

Auch ihr Mund kam zum Einsatz. Sie blies ihn ganz steif, hockte sich auf mich drauf und begann zu reiten. Es fühlte sich toll an, auch wenn sie etwas weit war. Je länger sie mich ritt, desto wilder wurde sie. Sie kam. „Geil!", stöhnte sie. Ihr Körper zitterte und sie biss sich auf die Unterlippe.

„Fick mich, bis Du kommst", forderte sie und legte sich hin. Ich drang in sie ein und nagelte mir ordentlich einen ab. „Jetzt gleich!", rief ich und bereitete mich vor zu explodieren. Schnell zog sie meinen Penis aus ihrer Scheide und wichste mit der Hand zu Ende. Es spritzte auf ihren Bauch, auf ihre Brüste, bis in ihr Gesicht.

So einen heftigen Orgasmus hatte ich lange nicht mehr. Es fühlte sich unbeschreiblich an. Keuchend legte ich mich neben sie und schaute sie an. „Geil!", lächelte sie. „Das war genauso geil, wie ich es mir vorgestellt hatte."

Wir duschten zusammen und landeten erneut im Bett. Diesmal befriedigten wir uns oral. Zuerst ich sie, dann sie mich. Caro drehte durch, als ich sie mit meiner Leck-Spezialtechnik verwöhnte und bebte zu ihrem Orgasmus. Dann blies sie mir einen, und zwar so gut, dass ich die Glocken läuten hörte. Ich durfte in ihren Mund kommen, zügig waren ihre Bewegungen, doch schlucken wollte sie mein Sperma nicht.

„Wenn Du mal wieder Lust hast, jederzeit", sagte Caro, als wir uns anzogen. „Gerne", entgegnete ich. „Sag mal, hast Du die schönen Fotos von Dir auch digital?" „Ja, auf Laptop." „Darf ich die haben? Ich finde sie so schön", bettelte ich. Mit den Fotos im Gepäck und überaus befriedigt verließ ich Caro und fuhr nach Hause.

Lucy & Paula

Lucy war blutjunge 18 Jahre jung und absolvierte vom Gymnasium aus ein 5-tägiges Praktikum bei uns. Ein bulgarisches Teenie-Luder, das genau wusste, was sie wollte. Ihr Auftreten war souverän und sehr verführerisch, sie verdrehte allen Kollegen den Kopf.

Lange, dunkelbraune Haare, ein hübsches Engelgesicht, millimetergenau gezupfte Augenbrauen, wolllustige Lippen, etwa 1,70 m groß und modelschlank, ich schätzte sie auf 50 kg. Sie hatte kleine, formschöne Brüste, das konnte man erkennen, und einen unglaublich reizvollen Hintern in der Hose.

„Mann, mir gefällt es hier echt super!", sagte sie mir am zweiten Tag, als ich ihr im Gang begegnete und mich nach ihrem Befinden erkundigte. „Das ist schon eine geile Welt, in der ihr hier lebt." „Ja, finde ich auch", grinste ich zurück. „Ich will das später auch einmal machen. Meinst Du, ich könnte bei Euch anfangen?" „Klar, warum nicht, aber davor solltest Du eine entsprechende Ausbildung machen", riet ich ihr. „Okay, kannst Du mir da ein paar Tipps geben und mich beraten?" „Klaro!"

Wir aßen zusammen Mittag und ich erkläre Lucy das Business und die verschiedenen Berufsbilder der Branche. Sie hörte interessiert zu und lächelte mich dabei nett an. „Weißt Du was? Ich muss morgen für 2 Tage geschäftlich nach Frankfurt, ein Projekt begutachten und absegnen. Wenn Du willst, nehme ich Dich mit", schlug ich ihr vor. „Au ja, das wäre super!", jubelte sie hocherfreut. „Wann geht's los?"

„Schon morgen früh um 6 Uhr. Wir fahren mit dem Auto hoch und übernachten im Hilton. Am nächsten Tag sind wir schätzungsweise am späten Nachmittag fertig und fahren dann zurück. Wird ein anstrengender Trip." „Das ist egal, ich freue mich schon darauf", bedankte sich Lucy für meine Einladung. Ich lief rasch in mein Büro und buchte noch ein Zimmer für sie. Am nächsten Morgen erwartete mich Lucy gestylt wie Lady Gaga. Sie trug einen knappen Minirock und ein knallbuntes T-Shirt, darüber eine halb zerrissene Jeansjacke.

Und Schminke hatte sie intus. Viel Schminke. Sexy Schminke. In hohen Stiefeln stieg sie in meinen BMW ein, und ab ging die Fahrt. Ich düste mit über 200 km/h die Autobahn hoch, während Lucy noch müde war. „Ich penn noch ´ne Runde", sagte sie, zog sich die Schuhe aus und stellte den Sitz auf Schlafposition. Da lag sie nun neben mir, hübsch und fertig. Sie lag fast flach da, ihre Beine waren frei und nackt. Ich begutachtete sie: sie waren schön und glatt, jung und frisch. Ihr Rock verdeckte nicht viel, nur das Wichtigste. Schade.

Als wir ankamen, rüttelte ich die Kleine wach und wir checkten schnell im Hotel ein. Dann ging es ins Studio. Unsere Kooperationspartner erwarteten uns bereits und starteten mit der Showpräsentation, mit der ich durchaus zufrieden war, einige Kleinigkeiten aber gab es doch noch zu tun. An die Arbeit!

Um 19 Uhr beendeten wir die Session und fuhren zum Hotel zurück. Auf dem Weg dorthin sahen wir ein persisches Restaurant und entschlossen uns kurzerhand, es auszuprobieren. Das Essen schmeckte und wir unterhielten uns gut. Lucy erzählte mir von ihren Eindrücken des Tages und wie spannend und aufregend das alles für sie sei. Ich freute mich. Weiter ins Hotel.

„Gehen wir heute Abend noch aus?", fragte sie mich im Fahrstuhl. „Wohin denn?" „Tanzen. Ich habe Lust auf Party!" „Hm", überlegte ich. Es war ein langer und harter Tag für mich gewesen, doch etwas Unterhaltung würde mir sicher auch gut tun. „Okay", willigte ich ein und wir verabredeten uns für 21:30 Uhr, Treffpunkt Rezeption.

Mich traf fast der Schlag, als ich Lucy wiedersah. Wollte sie auf den Strich? Anschaffen gehen? Eine billige Nutte war noch edel angezogen gegen sie. In einem noch kürzeren Rock und einem fast durchsichtigen und bauchfreien Shirt erwartete sie mich und schleppte mich zum Auto. Ihre Brüste konnte man deutlich erkennen, sie schimmerten klar durch. Sie gefielen mir.

Wir fuhren Richtung Partymeile und entschieden uns für eine Bar mit Tanzfläche und Musik. Nach 2 Bier wurde auch ich locker und amüsierte mich. Während Lucy wild tanzte und mit sämtlichen Typen blickvögelte, schaute ich in die Runde und entdeckte 2 hübsche Frauen auf einem Sofa.

Die eine schaute mich süß an und grinste. Das war für mich Aufforderung genug, ihnen Gesellschaft zu leisten. Während ich mit den beiden sehr attraktiven Damen flirtete, hatte sich Lucy einen Kerl gekrallt und umgarnte ihn nach allen Regeln ihrer Kunst. Der Prolet wurde schnell schwach und hing ihr an den Titten. Wild knutschten sie auf der Tanzfläche, was mich aber nicht weiter störte, ich hatte ja gute Gesellschaft.

Die Ling war niedlich und ziemlich geil auf mich. Ihre Schwester Ming nicht. Egal. Ling war 24 Jahre alt und Studentin, Halbasiatin, deutschstämmig. Sie trug ein tiefes Dekolleté und präsentierte ihre für ein Mädel japanischer Abstammung recht großen Brüste. Während Ming sich immer mehr ausklinkte, ging ich in die Flirtoffensive und kam Ling näher. Wir saßen nun ganz dicht zusammen. „Willst Du tanzen?", fragte ich sie und zog sie mit hoch. Sie hatte keine andere Wahl.

Geschmeidig bewegte sie sich und tanzte den Tanz der 7 japanischen Schleier. Immer näher tanzte sie an mich heran, bis sich unsere Lippen streichelten. Fühlte sich gut an. Also weiter. Erste Küsse, intensivere Küsse, Knutschen. Ich blickte kurz nach rechts, Lucy tat dasselbe mit ihrem Muskelprotz.

Die Ling wollte mehr. „Zu mir oder zu Dir?", fragte sie mich unverblümt. „Beides geht leider nicht", sagte ich. „Ich bin mit dem verrückten Mädel hier, die da, die gerade mit dem Typen rummacht, wir kommen aus München und ich bin für sie verantwortlich, wir müssen später zusammen gehen." „Schade", meinte Ling traurig, „ich hätte so gerne mit Dir geschlafen." Mist, dachte ich, aber eine Lösung gab es nicht. Egal, wir tanzten noch schön zusammen und knutschten noch ein bisschen, bis Ling traurig mit ihrer Schwester den Laden verließ.

Ich blickte in die Runde, Lucy war immer noch am Feiern, aber alleine. Ich zog sie beiseite und fragte sie: „Wo ist denn Dein Stecher?" „Nach Hause gegangen", brüllte sie mir ins Ohr. „Ich dachte, ihr würdet …". „Poppen? Ja, wollten wir auch, aber wo denn? Wir 2 sind zusammen gekommen und wir 2 müssen auch wieder zusammen gehen. Hotel und so." Ein kluges Mädchen.

1 Stunde später hatte sich Lucy ausgetanzt und meinte, wir können jetzt abzischen. Ab ins Auto, zurück ins Hotel. Im Auto schaute sie mich fragend an: „Und Du? Du hast doch mit der Asienperle rumgemacht. Die war ganz schön geil auf Dich, habe ich gesehen." „Ja, ich hätte gerne mit ihr …". „Gepoppt?

Und warum hast Du es nicht gemacht?" „Wir wollten ja, aber wo denn? Und übrigens: Wir 2 sind zusammen gekommen, und wir 2 müssen auch wieder zusammen gehen. Hotel und so. Du verstehst? Deshalb ging es nicht." Wir lachten.

Als wir auf dem Weg in unsere Zimmer waren, schaute mich Lucy verführerisch an und meinte: „Ich will aber heute unbedingt poppen. Ich bin geil!" Ich schaute sie mit großen Augen an. „Hast Du Lust?", fragte sie mich. Da gab es nichts mehr zu überlegen. Schon waren wir in meinem Zimmer und Lucy ließ ihr kurzes Röckchen fallen. Darunter hatte sie einen knallroten String, der ihren Po perfekt in Szene setzte. Schwupps, zog sie sich noch ihr Shirt aus, nun sah ich ihre Brüste live and in living colour. Sie waren wunderschön.

So spärlich bekleidet schritt sie selbstsicher auf mich zu und drückte mich aufs Bett. „Du bist ein kleines Luder", grinste ich sie an. „Ein kleines? Ein großes!", lächelte sie und zog mir meine Jeans mitsamt Unterhose in einem Ruck aus. Ich entledigte mich meines roten Hemdes.

„Leg Dich hin und entspanne Dich", bereitete sie das Spektakel vor. Wie eine Stripperin bewegte und räkelte sie sich vor meinen Augen, sodass mir ganz schwindelig wurde. Dann berührte sie mich. Ihre kleinen Hände wussten ganz genau, was ein Mann will. Schnell waren sie an meinem Penis und spielten ihn knallhart. Ich lag da und genoss. Ihre Brüste hingen mir entgegen, sie wollten Bekanntschaft mit meinen Lippen schließen, also zog ich Lucy weiter zu mir und fing an, an ihren Nippeln zu saugen.

„Geil, weiter so!", stöhnte sie lustvoll und massierte meinen Dödel. Nach ein paar Minuten flüsterte sie mir ins Ohr: „So, und jetzt verwöhne ich Dich mit dem Mund." Gesagt, gesaugt. Als sie meinen Schwanz in den Mund nahm, drehte ich vor Lust fast durch. Gekonnt lutschte sie meinen Schaft auf und ab und wichste zwischendurch immer wieder mit der Hand.

Wie gerne hätte ich ihr in den Mund gespritzt, doch sie hatte anderes vor: Sie wollte mich ficken. Schon hockte sie auf mir und drückte meine Salami in sich hinein.

Ihren roten String-Tanga hatte sie immer noch an, er saß aber nicht mehr richtig, sondern war deutlich verschoben, weil mein Penis ja Platz brauchte. Schamhaare hatte sie keine, Hemmungen auch nicht. Wild und geil ritt sie auf mir herum, bis ich nicht mehr konnte. „Ich komme gleich!", stöhnte ich und bereitete mich auf den Orgasmus vor. Lucy beendete ihren Ritt auf der Stelle und blieb regungslos auf mir sitzen. So kam ich und erlebte einen bombigen Höhepunkt in ihr. Ich spürte jede Zuckung und jeden Schuss meiner Röhre deutlich. Geiles Gefühl!

Nun wollte ich Lucy ebenfalls dieses schöne Gefühl schenken und begann sie zu lecken. Ihre Schamlippen waren weich und zart, ihr Kitzler hart und fest. Lucy drückte meinen Kopf immer tiefer in ihren Schoß und hechelte wie eine läufige Hündin. Nach nicht mehr als 4 Minuten stieß sie lange, laute Schreie aus und signalisierte mir so, dass sie das oberste Ende der Fahnenstange erreicht hatte. „Junge, Junge, Du kannst aber gut lecken!", lobte sie mich und schnaufte aus.

Da lagen wir beide, glücklich und befriedigt. Ich streichelte zart ihren mädchenhaften Körper und hörte immer wieder ihr wohliges Seufzen. So lagen wir da. 10 Minuten, 20 Minuten, kein Ton, kein Wort. Plötzlich spürte ich ihre Hand erneut an meinem Penis. „Und jetzt blase ich Dir einen", versprach sie mir und kniete sich seitlich neben mich. Ich ließ sie machen und freute mich auf einen Blowjob der Superlative.

Ihre rechte Hand umfasste meinen Penis sanft und führte ihn zum Mund, der erstklassig arbeitete. Tiefe, langsame Züge, dann tiefe, schnelle Züge. Ich schenkte diesem Teenie-Luder all meine Aufmerksamkeit und wollte unbedingt zusehen, wie ich kam, doch kurz bevor es soweit war, legte sie sich seitlich über meinen Oberkörper und verdeckte mir die Sicht. Ich spürte meine Eier jubilieren und kündigte ihr meinen Höhepunkt an. Mit ihrer rechten Hand vollendete sie ihr Werk kräftig und zügig. Ich krampfte zusammen und spürte meinen Bauch zucken. Ihr kleiner Körper hob und senkte sich mit meinen Kontraktionen.

Als sie sich nach beendigter Arbeit zu mir drehte, da erkannte ich sie kaum wieder: ihr Gesicht war spermaüberflutet! Wie geil! Genüsslich leckte sie sich meine wertvollen Vitamine in den Mund und lächelte mich verträumt an. Ich schwebte auf Wolke 7.

Die Nacht schliefen wir gut und fest, sie bei mir im Bett, aber auf ihrer Seite. Am nächsten Morgen sollte mich der

Wecker um 8 Uhr aus den Federn blasen, aber stattdessen tat dies Lucy um 7 Uhr. Ich wurde wach und spürte etwas Warmes und Nasses an mir: es war Lucys Mund. Sie lag zu meinen Füßen und blies mir genüsslich einen hoch. Ich warf meine Müdigkeit beiseite und spielte mit. Nun war ich an der Reihe und leckte ihre saftige, kahle Pussy geil. Ich wollte sie unbedingt in der Missionarsstellung rammeln und tat dies volle Pulle!

Sie lag da, hübsch und breitbeinig, nahm meine harten Stöße gut und professionell. Nach 5 Minuten Stellungswechsel. Diesmal Löffelchen. Seitlich von hinten stieß ich ihn ihr hinein, zuerst in Luke 1, die übliche, dann in Luke 2, die ihr auch gut gefiel. Zum Schluss noch einmal Reiten. Das konnte sie ja verdammt gut. Elegant nahm sie auf meinem Becken Platz, aber diesmal verkehrt herum, also mit ihrem Rücken zu mir, und begann, mich ins Reich der sexuellen Erfüllung zu entführen.

Ihre Pobacken sausten immer wieder hinab und bereiteten mir Gefühle der vollkommenen Lust. Sie kam laut. Ihre Bewegungen wurden langsamer, aber intensiver, ihre Scheide verengte sich um das Doppelte und übte nun einen wahnsinnigen Druck um meinen Schwanz aus, dem dieser nicht standhalten konnte. Ich kam ebenso laut.

1 Stunde später waren wir im TV-Studio. Dort gab es erst einmal Ärger, da die beiden Projektleiter noch nicht da waren. „Verschlafen", war ihre Ausrede, als sie 30 Minuten zu spät eintrudelten. Ich machte Radau und war sehr erzürnt. Um 17 Uhr war alles geschafft, Lucy und ich saßen im Auto und befanden uns auf dem Rückweg nach München. „Es war ein tolles Erlebnis mit Dir", grinste mich Lucy an und drückte mir ein Bussi auf die Backe, „aber vorbei ist es noch nicht ...".

Mit diesen Worten beugte sie sich in meinen Schoß und öffnete meinen Hosenstall. Was soll das, dachte ich, wir sitzen hier im Auto und ich düse mit 220 km/h auf der Überholspur – was hat sie vor? Bevor ich diesen Gedanken zu Ende denken konnte, hatte sie ihn auch schon in der Hand. „Was machst Du da?", fragte ich sie aufgeregt.

„Konzentriere Dich und fahre", säuselte sie, „ich werde Dich ein bisschen verwöhnen." Mit diesen Worten stopfte sie ihr Mündchen mit meinem Schwanz. Sie blies mir einen im Auto auf der Autobahn. Wie riskant! Wie geil! Langsam lutschte sie meine Banane frisch und bekam Lust auf mehr. Ich auch. Der nächste Parkplatz war der unsere. Im Affentempo bog ich raus und blieb stehen.

Zum Glück war kaum etwas los, nur 2 Autos standen da doof herum. Wir kletterten behände auf die Rückbank und legten los. Lucy unten, ich oben. Geschickt fickte ich sie, bis ich laut stöhnend in ihr kam. Lucy rubbelte dabei ihre Klitoris wild und bebte ein paar Sekunden nach mir zu ihrem Höhepunkt. Als wir fertig waren, klopfte es wild an unsere Scheibe.

Ich schrak hoch und blickte einer älteren Dame in die Augen. Die fuchtelte wild um sich und blökte mich blöd an. Auf dieses Geschnatter hatte ich keine Lust. Ich zog mir die Hose hoch, sprang nach vorne und ließ sie im Auspuff stehen. Als wir wieder fuhren, grinsten Lucy und ich uns an und begannen zu lachen.

„So etwas Peinliches habe ich lange nicht mehr erlebt!", prustete ich los. „Ach was", lächelte Lucy, „das war doch witzig! Die Alte schaute wie ein Bahnhof und hätte uns wohl am liebsten umgebracht." „Die weiß halt nicht mehr, was guter Sex ist", grinste ich und küsste Lucy schnell und zielsicher auf den Mund.

Eine halbe Stunde vor München wurde Lucy wach. Sie hatte 2 Stunden geschlafen und sich vom Parkplatzsex gut erholt. Verführerisch schaute sie mich an: „Hast Du Lust auf ein letztes Mal?" Natürlich, also los! Erneut beugte sie sich in meinen Schoß und holte meinen Dong hervor. Mit Engelshänden und Teufelszunge stimulierte sie ihn vollsteif. Noch bevor ich auf den nächsten Parkplatz fahren konnte, kam ich in Lucys Mund.

Lucy war überrascht von meiner Ladung und zuckte, dann schluckte sie tief. Ich baute fast einen Unfall dabei. Der Orgasmus war so stark, dass ich auf dem Gas blieb und um ein Haar einen Audi vor mir rammte, der nur mit 170 km/h überholte. Zum Glück ist nichts passiert. Ich schaute nach unten und Lucy nach oben. Mein Sperma befand sich nicht nur in ihrem Mund, sondern auch an ihren Lippen, an ihrer Nase und an ihrer Wange. Geil!

Eine halbe Stunde später war das Abenteuer Lucy vorbei. Ich brachte sie nach Hause und versprach ihr, dass sie jederzeit wiederkommen könne für ein weiteres Praktikum. Sie versprach mir Sex, wann immer ich möchte. „Ruf mich einfach an, wenn Du Lust und Zeit hast, dann gehöre ich Dir, okay?" Das war ein Wort ... und ein Versprechen, das wert war, in meinem Kopf zu bleiben.

1 Jahr später klingelte – wie jeden Tag hundertmal – mein Geschäftshandy, doch es war kein alltäglicher Anruf, sondern eine wunderschöne Überraschung: „Ich bin´s, die Lucy. Du kannst Dich doch noch an mich erinnern, oder? Ich habe ein Praktikum bei Dir gemacht. Möchte gerne noch mal kommen. Können wir Montag starten?" Lucy, Lucy ... ach ja, die kleine Süße, mit der ich im Auto unterwegs war und mit der der Sex so geil war. „Klar, komm nächsten Montag vorbei, dann besprechen wir alles."

Das bulgarische Teenie-Luder kam genau so, wie ich sie in Erinnerung hatte: lange, braune Haare, hübsches Engelgesicht, millimetergenau gezupfte Augenbrauen, wollustige Lippen, modelschlank, sexy, geil! Im Minirock trat sie ein und umarmte mich überschwänglich. Wir einigten uns auf ein 2-wöchiges, bezahltes Praktikum. Sie erzählte mir, dass sie ihr Abi gerade noch so bestanden und sich nun für eine Ausbildung im Medienbereich beworben habe. 14 Tage mit der Kleinen, wie geil! Erinnerungen kamen in mir hoch, wie schön das damals mit ihr war.

Würde sie auch diesmal Sex mit mir wollen? Ich jedenfalls hatte mächtig Lust darauf! Wie es der Zufall wollte, sollte es wieder ein Arbeitstrip sein, der mir die Möglichkeit gab, ihr ungestört näher zu kommen.

Ich musste 3 Tage nach Salzburg und nahm Lucy einfach mit. Wir fuhren los, alles war noch friedlich. Auf der A8 angekommen, dann der Hammer: Sie beugte sich zu mir rüber und küsste mich am Hals. Währenddessen wanderten ihre Hände zu meiner Hose und zogen meinen Willy ans Tageslicht. „Den lutsche ich Dir jetzt, bis Du kommst", säuselte sie mir ins Ohr und senkte ihren Kopf in meinen Schoß.

Ihr Blowjob war phänomenal! Ihr warmer Mund verwöhnte meine Lanze von oben bis unten und um 360 Grad. Ich musste mich mächtig aufs Autofahren konzentrieren und darauf, keinen Unfall zu bauen. Immer wieder blickte sie verführerisch zu mir auf und legte einen Zahn zu. Nach ein paar Minuten konnte ich mich nicht mehr zurückhalten und spritzte meinen Samen in ihren Mund.

Sie schluckte gierig meinen Saft und wischte sich mit einem Taschentuch den Mund ab. „Kannst Du mich auf dem nächsten Parkplatz lecken?", fragte sie mich frech. So ein Luder, so ein geiles. „Wir können es versuchen", antwortete ich und bog ab.

Leider hatte sie Pech, denn der Parkplatz war überfüllt. Der nächste auch. Ich fuhr von der Autobahn ab, durch irgendein kleines Kaff und blieb nach 2 weiteren Abzweigungen im Niemandsland an einem Waldrand stehen. „Komm, lass uns nach hinten gehen", hauchte ich ihr zu und machte mich bereit, ihr kleines, süßes Fötzchen zu lecken. Lucy war blank rasiert und roch da unten nach Rose.

Ohne großes Vorspiel stieß ich ihr meine Zunge hinein und rubbelte ihren Kitzler. Lucy war mächtig erregt und stöhnte so laut, dass das Auto wackelte. Sie drückte meinen Kopf tief und tiefer in ihr Becken hinein, ich war nun schon fast in ihr. Plötzlich kreischte sie wie verrückt und schüttelte sich wild hin und her. Ich leckte fleißig weiter und ließ erst von ihr ab, als sie mich an meinen Haaren hochzog und küsste. „Mann, das war geil!", jubelte sie. „Wir werden wieder eine geile Zeit miteinander haben!" Ich freute mich.

Wir fuhren weiter und erreichten Salzburg später als geplant. Aber das war kein Problem, wir hatten noch genügend Zeit bis zum Geschäftstermin. Also ab ins Hotel und eine Runde poppen. In der Missionarsstellung knallte ich sie hart und wild.

Dann machten wir uns frisch und auf den Weg ins Studio. Der Arbeitsstart verlief erfolgreich. Das Projekt war gut vorbereitet und hatte mit dem Axel einen kompetenten Teamleiter. Nach einem gemeinsamen Geschäftsessen mit 13 Mann zog ich mich mit Lucy zurück. Ich hätte mir einen ruhigen und erotischen Abend mit ihr vorgestellt, aber sie wollte mal wieder Party machen. Naja, dachte ich, ein bisschen Tanzen und Spaß haben ist ja auch nicht schlecht, mache ich ihr halt den Gefallen.

Sie stylte sich über 1 Stunde, dann kam sie als Nutte aus dem Badezimmer zurück. „Willst Du anschaffen gehen, oder was?", wollte ich sie schon fragen, doch ich konnte es mir gerade noch verkneifen. Ab ins Tanzlokal. Das Tanzlokal war mehr Disse als Lokal, viele junge Leute wollten die Welt vergessen und sich austoben. Lucy stürzte sich voll ins Getümmel und war schnell von fickgeilen Typen umgeben.

Ihr unglaublich niveauloses Anwerben törnte mich dermaßen ab, dass mir die Lust auf Party verging und ich mich an die Bar setzte. Ich trank 1 Bier, dann noch 1. Lucy feierte immer wilder und hatte sich auf einen mit Goldkettchen behangenen Proleten fixiert, mit dem sie nun schon heftig auf der Tanzfläche knutschte.

Währenddessen schüttelte ich ein paar Anmachversuche williger Mädels ab, die deutliches Interesse an mir zeigten, aber nicht mein Typ waren. Plötzlich stand Lucy mit dem Goldkettchen-Penner vor mir und eröffnete mir: „Du, wir werden jetzt poppen gehen. Ich nehme Mike mit aufs Hotelzimmer. Mache Dir keine Sorgen, okay?"

Ich schluckte und war gleichzeitig wütend. Dieses undankbare Flittchen! Zuerst mit mir bumsen, dann wenige Stunden später mit einem dummen Muskelprotz. So eine Schlampe! Bevor ich ihr antworten konnte, zog sie ihn auch schon hinter sich her und verschwand mit ihrem Stecher im Gedrängel Richtung Ausgang. Ich war niedergeschlagen, verlassen, verraten und fühlte mich missbraucht. „Bitte noch 1 Bier! Danke."

„Lust auf einen Tanz?" Ich drehte mich um und blickte einem blutjungen, bildhübschen Mädchen in die Augen. „Hey, wie alt bist Du denn?", war meine erste Frage, die ich ihr stellen konnte. „19." Ihr Salzburger Dialekt war echt süß. „Und Du?", wollte sie wissen.

„Na, so irgendetwas zwischen 20 und Mitte 30", antwortete ich lässig. „25?" „Nein, ein bisschen älter bin ich dann schon", lächelte ich und lud sie zu 1 Bier ein. „Lieber ein Tequila", grinste sie zurück und orderte sich ihren Betäuber. Wir kamen ins Gespräch. Sie hieß Paula und war verdammt hübsch. Sie hatte kurze Haare, die ihr aber sensationell gut standen, ein Babyface und eine tolle, schlanke, mädchenhafte Figur. Sie war bei weitem nicht so nuttig gekleidet wie Lucy, trug eine Jeans und ein rotes Top, dazu Sneakers.

„Und was machst Du so alleine hier?", fragte sie mich mit gro-ßen Augen. „Ich bin mit einem Mädel hergekommen, aber die hat einen Typen abgeschleppt. Krass, oder?" Sie staunte nicht schlecht. „Das ist aber fies von der. Wie kann die Dich hier ein-fach sitzen lassen?" „Das weiß ich auch nicht. Vorher bläst sie mir noch einen, und jetzt lässt sie sich von einem ekligen Typen durchschütteln." „Voll aggro", kommentierte Paula Lucys Fehl-verhalten und rückte enger an mich heran. „Und wer kümmert sich jetzt um Dich?"

„Na, Du!", lächelte ich und stieß mit ihr an. Paula lä-chelte zurück, doch sie war zu schüchtern, einen Schritt weiter zu gehen. Also ergriff ich die Initiative: „Tanzen?" „Ja!", strahl-te sie und ließ sich von mir in die Menge führen. Paula tanzte schön und sexy, ihr Körper beherrschte die Männer anmachen-den Bewegungen und ihr strahlendes Lächeln verzauberte mei-nen Verstand.

Immer enger tanzten wir, bis sich unsere Körper und unser Schweiß berührten. Kurz darauf berührten sich auch unse-re Lippen. Paula küsste passiv und genussvoll. Sie wollte ge-küsst und geführt werden.

Eine halbe Stunde später stellte ich ihr die entscheiden-de Frage: „Hast Du Lust mitzukommen?" „Wohin?" „Zu mir ins Hotel." „Ich kann Dir schon vertrauen, oder? Du tust doch nichts Schlimmes mit mir?" „Wie meinst Du das?", fragte ich zurück. „Na, mich vergewaltigen, schlagen oder so." „Um Got-tes Willlen, wo denkst Du hin?!", schockierte ich mich. „Hast Du denn das Gefühl, ich sei so einer?" „Nein, aber man kann nie wissen." „Vertraue mir, wir werden einfach eine tolle Nacht zusammen haben. Wir machen nur das, worauf Du auch Lust hast. Du entscheidest, was passiert, okay?"

Ihr Gesicht hellte sich auf, Sorgenfalten verschwanden und sie küsste mich zärtlich auf den Mund. „Okay, lass uns ge-hen!" Wir fuhren ins Hotel und machten es uns auf dem Bett ge-mütlich. „Ich möchte schnell noch duschen, mich frisch ma-chen", himmelte sie mich an. Ich wies ihr den Weg und wartete.

Hinein ging sie mit Klamotten, zurück kam sie ohne. Splitterfasernackt spazierte sie auf mich zu und kam auf meinen Schoß gekrochen. „Jetzt gehöre ich Dir", küsste sie mich und wartete darauf, genommen zu werden. Das tat ich dann auch.

Ich begann, ihren wunderschönen Körper zu streicheln und zu küssen. Sie duftete und schmeckte gut. Ich liebkoste ihr Gesicht, ihre Stirn, ihre Ohren, ihren Hals, ihren Mund. Dann ging es tiefer.

Ihre Brüste waren klein, schön und fest, ihre Nippel hart wie Granit. Ihr Bauch war gut trainiert und verbarg kein Gramm Speck. Nun wurde es buschig. Paula hatte ein volles Schamhaardreieck, wie es nicht mehr viele junge Frauen tragen. Die meisten haben unten blitzeblank oder sind unter die Indianerinnen gegangen, aber so ganz behaart ist wirklich selten geworden. Doch Paula stand das braune Dreieck gut.

Die Schamhaare waren nicht zu kurz und nicht zu lang, sie passten zu ihr und ihrem Aussehen. Beine hatte die Kleine auch schöne, aber die interessierten mich nicht, nur die Innenseiten der oberen Oberschenkel, die ich zärtlich bearbeitete. Ich begann, ihre Schamlippen zu streicheln und erntete wahre Begeisterungsstürme in Form von heftigen Atemfrequenzen.

Ich machte weiter und suchte ihre Klitoris, die ich mittendrin auch fand. Sie war schon stark angeschwollen und pulsierte wie verrückt. Die musste ich einfach lecken! „Ich würde es Dir gerne mit dem Mund machen, darf ich?", fragte ich sie höflich. „Mach schon!", stöhnte sie und zog sich selbst die Pussy weit auf. Diese Öffnung nutzte ich und stürzte mich auf ihre Klitoris.

Mein Lecken dauerte nicht lange, da kam sie schon. Sie kam still, aber heftig. Ihr Körper bebte, sie biss ins Kopfkissen und ihr kleines Herzchen pochte wild und zügellos. Als es vorbei war, bat sie mich, weiterzumachen: „Ich kann mehrmals hintereinander kommen. Mach weiter, bitte!"

Gesagt, geleckt. So bereitete ich ihr 3 weitere Orgasmen in weniger als 10 Minuten. Dann erst hatte sie genug und zog mich zu sich in den Arm. „Das war super", strahlte sie, „ich fühle mich sehr wohl bei Dir. Danke!" „Gerne", erwiderte ich und gab ihr zu verstehen, dass nun ich eine Kostprobe ihres Könnens erwarte. Bereitwillig begab sie sich in Position und kündigte eine tolle Massage an. Ich sollte mich auf den Bauch legen und genießen.

Gesagt, gerollt. Paula nahm eine Menge Creme und massierte zärtlich und effektiv meinen Rücken, meinen Hals und meine Schultern. Dabei lockerte sie ein paar hartnäckige Verspannungen. Das tat gut. Ich ließ mich fallen und genoss ihre Hände auf meiner Rückseite. Sie knetete und knetete und streichelte und streichelte und massierte und massierte … bis ich einschlief.

Ich wurde wieder wach, als sie an mir herumrüttelte und mich fragte, ob ich okay sei. „Ich muss wohl kurz weggewesen sein", kam ich wieder zu Sinnen. „Du hast so schön massiert, dass ich mich so gut dabei entspannen konnte und kurz eingeschlafen bin. Wahnsinn. Aber jetzt bin ich wieder voll da." Sie nahm mir meine kleine Schlummerpause nicht übel, sondern freute sich über das Kompliment. Glück gehabt. Eine andere wäre vielleicht gegangen. Paula massierte tiefer und kümmerte sich um meinen Po und meine Oberschenkel. Ihre Hand rutschte dabei immer tiefer zwischen meine Beine und berührte schon meine Bälle.

„Gefällt Dir das?", fragte sie mich und küsste meinen Allerwertesten. „Ja, weiter so, das ist geil!", bestätigte ich sie bei der Arbeit und ließ sie fortfahren. Nach ein paar Minuten folgte dann der Befehl, auf den ich schon gewartet hatte: „Dreh Dich um!" Ich drehte mich um und sah der Kleinen in die Augen. Sie wirkte so unschuldig, so süß, so zart, so jung, so geil.

Die Oberkörpermassage fiel eher kurz aus, stattdessen kümmerte sie sich ausgiebig um meinen Dackel. Paulas Hände waren klein und zart, doch sie konnten fest zugreifen. Schnell hatte sie den richtigen Grip um meinen Schwanz gefunden und wichste zügig meine Vorhaut rauf und runter. Mit der anderen Hand kraulte sie meine Hoden und spielte in der A-Falte herum.

Lange hielt ich dieses Spektakel nicht aus und entschüttete meine Ladung in hohem Bogen. Paula jubelte und strahlte wie die Sonne von Wales: „Wow, das war aber viel!" „Das liegt daran, dass Du es so gut gemacht hast", lobte ich sie und küsste sie zärtlich. „Möchtest Du die Nacht bei mir bleiben?" „Ja, gerne, wenn ich darf", antwortete sie und kuschelte sich ganz eng an mich. Wir unterhielten uns nett und ließen den Fernseher nebenbei laufen, irgend so eine dämliche Talkshow mit halbbehinderten Spackos. Uninteressant. Dafür erzählte mir die süße Paula mehr aus ihrem Leben:

„Ich bin eigentlich nicht der One Night Stand Typ, ich konnte bis vor kurzem Liebe und Sex auch nicht trennen. Weißt Du, ich war 4 Jahre lang mit einem Kerl zusammen, er war meine erste und große Liebe, bis ich feststellen musste, dass er mich die ganze Zeit belog und betrog.

Dann habe ich Schluss gemacht und so meine Erfahrungen gesammelt. Letztes Jahr hatte ich echt eine Menge Typen. Manche waren gut, manche nicht – vom Charakter her, meine ich. Ich habe auch viel Mist erlebt, leider. Aber egal. Einen festen Freund will ich momentan nicht, da ich so schnell keinem Mann mehr vertraue."

Ich fragte sie, was ihr an mir gefällt. „Dein ganzes Erscheinen. Du bist attraktiv, strahlst Erfolg aus, hast flammende Augen, Charme und bist ein Frauenversteher. Ich fühle mich wohl bei Dir. Du vermittelst mir ein Gefühl von Sicherheit und Geborgenheit, gleichzeitig übst Du einen enormen sexuellen Reiz auf mich aus. Das hat mich neugierig gemacht. Außerdem kannst Du unglaublich gut lecken!"

Ich freute mich und wurde wieder geil. „Hast Du Lust auf richtigen Sex?" „Du meinst miteinander schlafen?" „Ja." „Ja!" Gesagt, gefickt. Wir brachten uns schnell in Stimmung und zum Glück hatte Paula ein Verhüterli dabei. Her damit! Ich zog es mir über und wollte sie als Missionar ficken, doch Paula wollte unbedingt Doggy Style genommen werden. Na gut, na schön.

Von hinten rammelte ich zuerst langsam und gezielt, dann schnell und hart. Ihr gefiel es, sie wippte kräftig mit und stöhnte gut. „Jetzt im Stehen!", bat sie mich und brachte sich in Position.

Doggy im Stehen ist geil. Während ich nagelte, rubbelte sie sich ihre Schamlippen und ihren Busch. Sie kam. Ich fickte weiter, sie kam erneut. Und noch mal. Dieses Mädel war eine Multikommerin, ein Naturtalent der besonderen Sorte.

„Wie willst Du kommen?", fragte sie mich rücksichtsvoll. „In Deinen Mund", antwortete ich und rollte mir das Kondom herunter. „Iiihh, das mag ich aber nicht", zierte sie sich und schüttelte trotzig ihren Kopf. „Warum nicht?", bohrte ich nach. „Ich habe erst ein einziges Mal Sperma geschluckt, es war eklig. Mein Freund wollte das unbedingt so und ich habe ihm den

Gefallen getan, aber danach habe ich mich übergeben müssen. Seitdem will ich nicht, dass mir ein Mann in den Mund kommt. Blasen ja, Schlucken nein."

„Aber jeder Mann schmeckt doch anders", konterte ich. „Glaub mir, ich schmecke gut." „Nein, ich will aber nicht." „Na gut, Du musst ja nicht", sagte ich und gab nach. „Machst Du es mir trotzdem mit dem Mund bis zum Höhepunkt?" „Ja, aber gib mir bitte rechtzeitig Bescheid, dass ich gewarnt bin, okay?" „Ist klar", bestätigte ich und sah zu, wie sie mein trotz dieser blöden Diskussion immer noch steifes Glied in ihren Mund nahm und daran zu lutschen begann.

Sie konnte gut blasen, verdammt gut. Ihre kleinen Hände befanden sich ebenfalls an meinem Dong und drum herum. Sie wollte auf den Knien blasen, ich sollte dabei stehen. Mit gutem Tempo und gutem Druck bearbeitete sie mich weiter und weiter, bis ich mein Sperma brodeln spürte.

„Pass auf, jetzt gleich ist es soweit!", gab ich ihr das vereinbarte Zeichen und sah zu, wie sie gute, alte Handarbeit erledigte und mich so über den point of no return hinweg zu einem megaspritzigen Orgasmus brachte. Sie wichste weiter, bis mein Penis erschlaffte und seine Ruhe wollte.

„Danke, dass Du so verständnisvoll bist. Es gab auch Typen, die haben mich rausgeschmissen, weil sie nicht in meinen Mund kommen durften." „Ach, ist doch selbstverständlich, so bin ich halt. Wie Du schon sagtest: ein Frauenversteher." Wir lachten und schliefen wenige Minuten später Arm in Arm ein. Am nächsten Morgen machten wir geiles Heavy Petting in der 69er-Position und schenkten uns erneut äußerst intensive Orgasmen.

Dann musste ich leider zur Arbeit. Wir verabredeten uns für den Abend und sie versprach mir eine Überraschung. Sie ging. Doch wo war Lucy? Hatte dieses kleine Luder etwa verpennt? Ich marschierte rüber zu ihrer Zimmertür und klopfte. Nichts. Ich klopfte lauter. Nichts. Ich wurde energischer und schlug nun schon fast die Tür ein.

Da öffnete dieser hirnlose Macho – nackt wie Gott ihn schuf – die beschissene Tür und blickte mich doof an. Ich drückte ihn beiseite und betrat das Nuttenzimmer. „Lucy, wo steckst Du?", rief ich, doch eine Antwort bekam ich nicht. Stattdessen zeigte der Typ mit seinen Zeigefinger auf die Badezimmertür. Richtig, Duschgeräusche.

„Sag ihr, wir müssen los! Verdammt noch mal, wir sind spät dran!", trug ich dem Lackaffen auf, Lucy aus der Dusche zu holen. 1 Minute später stand Lucy nackt vor mir. „Sorry, ich habe irgendwie Zeit und Raum vergessen", entschuldigte sie sich kleinlaut und zog sich rasch ihre Klamotten an. Auch ihr Penner war in null Komma nichts Verschwindibus bereit. Sie knutschte ihn, griff ihm noch mal an den Sack, und zu dritt verließen wir das Hotel. Während der Typ zu seiner VW-Schrottkiste latschte, machten wir es uns in meinem eleganten BMW gemütlich.

Nach einigen Minuten fragte ich sie: „Und, wie war's?" „Ganz gut, der Kerl konnte ordentlich nageln, ich hatte meinen Spaß", antwortete sie mir mit einem breiten Grinsen im Gesicht. „Und was hast Du gemacht?" „Dasselbe wie Du", antwortete ich lässig und erzählte ihr von Paula. Das schien sie eifersüchtig zu machen.

Ich merkte deutlich, dass ihr das nicht passte. „War sie wenigstens gut?" „Der Sex mit ihr war megageil! Sie kann verdammt gut blasen und ficken!" Stille. Plötzlich kramte Lucy in meiner Hose herum und holte meinen Dong heraus. „Ich zeige Dir, was gutes Blasen ist", sagte sie aufmüpfig und nahm ihn in den Mund. „Hey, doch nicht jetzt, wir sind mitten in der Innenstadt, und außerdem sind wir in 5 Minuten am Ziel."

„So lange brauche ich nicht, Du wirst schon nach 3 Minuten kommen", versprach Lucy und legte sich ins Zeug. Ein paar Passanten schauten schon etwas komisch ins Auto rein, besonders an den roten Kreuzungen, aber das war mir egal.

Sie hatte Recht: Ich kam, noch bevor wir unser Ziel erreicht hatten. Der Samen landete in ihrem gierigen Mäulchen. Sie schluckte alles, blickte mir triumphierend in meine Augen, wischte sich das Restsperma vom Mund und meinte: „Siehst Du, ich bin halt die Beste! Das war ein Blowjob, wie er im Buche steht." „Ja, das war er", bestätigte ich und parkte ein.

Der Tag verging wie im Flug. Die Arbeit trug Früchte, und um 18 Uhr hatten wir unser Tagespensum geschafft. Auf dem Rückweg zum Hotel fragte mich Lucy, ob wir am Abend wieder zusammen ausgehen. „Nein, heute nicht", antwortete ich ruhig. „Warum nicht? Ich habe wieder Lust auf Party!" „Weil ich schon verabredet bin." „Mit wem?" „Mit Paula."

Lucy schaute mich mit weit aufgerissenen Augen an: „Die Tussy von gestern Abend?" „Ja, genau die. Wir treffen uns um 20 Uhr." „Und ich? Was soll ich so lange machen?", fragte sie mich schockiert. „Weiß nicht", gab ich zurück, „Du kannst ja den Kerl noch einmal kommen lassen oder Du verbringst einen ruhigen Abend und schaust fern oder Du gehst alleine aus." Lucy war wütend und eifersüchtig: „Eigentlich wollte ich den Abend und die Nacht mit Dir verbringen, aber das geht dann wohl nicht", zickte sie herum.

„Na hör mal", schoss ich zurück, „Du hast Dir gestern Abend doch den Typen geangelt und mich links liegen lassen, Du hast die Nacht mit ihm und nicht mit mir verbracht, da sei mir doch auch ein bisschen Spaß vergönnt. Ich finde Dein Verhalten jetzt ziemlich unfair." Lucy wusste, dass ich Recht hatte und schluckte tief.

„Pass auf, Paula ist echt geil und ich möchte gerne noch einen Abend mit ihr verbringen, das habe ich ihr versprochen. Also bitte stell Dich nicht so an und lass mich machen." Lucy nickte und spielte die beleidigte Leberwurst.

Im Hotel angekommen, brachte ich sie auf ihr Zimmer, machte mich frisch und auf den Weg zu Paula. Wir trafen uns zum Abendessen in einem italienischen Restaurant, welches sie empfohlen hatte. Paula sah entzückend aus: Sie trug einen Minirock und ein sexy Top, das ihre wunderschöne Figur perfekt in Szene setzte. Wir flirteten sehr intensiv und genossen die gute Küche des Sizilianers.

Ab ins Hotel! In der Eingangshalle klingelte plötzlich mein Handy. Es war mein Chef. „Sorry, ist wichtig", entschuldigte ich mich bei Paula und marschierte an die frische Luft, um dem Big Boss alle Fragen zu beantworten.

Telefonat beendet, zurück ins Foyer. Was ich dann sah, haute mich fast um: Da standen Lucy und Paula zusammen und unterhielten sich. Entschlossenen Schrittes visierte ich sie an, doch bevor ich Lucy zur Rede stellen konnte, begrüßte sie mich mit einer heißen Umarmung: „Hey, alles okay bei Dir? Ich habe schon gehört, das Essen war super."

Ich zog sie beiseite und stellte sie zur Rede: „Was ist bloß los mit Dir? Was mischt Du Dich in meine Angelegenheiten ein?! Was hast Du ihr gesagt?" „Nichts", antwortete Lucy lässig, „nur die Wahrheit. Ich habe ihr erzählt, dass wir zusammen hier sind und Du von der Nacht mit ihr geschwärmt hast." „Und weiter?" „Nichts weiter. Dass ich ein Praktikum bei Dir mache und wir uns schon länger kennen. Das war´s. Wir haben uns einfach nur nett unterhalten, bis Du dazwischen kamst." So ein Luder!

Paula gesellte sich zu uns und fragte, ob alles okay sei. „Ja, wir haben nur gerade noch etwas Wichtiges besprochen", lenkte ich ein und fühlte mich wie ein begossener Pudel. „Los, lasst uns zusammen etwas trinken gehen an die Bar", schlug Lucy vor und nahm Paula an der Hand.

Wir bestellten uns Cocktails on Ice. Die beiden Mädels unterhielten sich gut und ich verstand die Welt nicht mehr. Was war hier überhaupt los? Ich hatte mich so auf einen echt geilen Abend mit Paula gefreut, mit viel Leidenschaft und Sex. Wie konnte es nur passieren, dass wir nun zu dritt an der Bar saßen und die beiden Mädels sich miteinander beschäftigten, während ich doof in die Röhre schaute. Ich verstand die Welt nicht mehr.

Auf einmal drehten sich beide Mädels zu mir um und lächelten mich verführerisch an. Was hatte dies zu bedeuten? Machten sie sich lustig über mich, oder was? Lucy stand auf und kam auf meine rechte Seite, Paula saß zu meiner linken. „Was würdest Du davon halten, wenn ich Dir sage, dass Paula und ich geil auf Dich sind und wir beide Dich jetzt vernaschen wollen", hauchte mir Lucy ins Ohr. Ich blickte den Mädels in die Augen, sie strahlten und erwarteten meine positive Antwort.

„Da würde ich nicht Nein sagen." „Also, worauf warten wir dann noch?", juchzte Lucy und zog mich mit. Hand in Hand in Hand machten wir uns auf den Weg in mein Zimmer.

Ich weiß nicht, wie Lucy es geschafft hat, Paula dazu zu bringen, aber das war nun auch egal. Vor mir lag eine Nacht mit 2 blutjungen, 19-jährigen, bildhübschen, geilen Mädels. Juhu! Noch bevor ich mich entkleiden konnte, taten die Nymphen das für mich. Schnell war ich nackt und legte mich auf das schöne, große Bett. Lucy und Paula dimmten das Licht und strippten für mich. Als beide Höschen fielen, hielt ich es kaum noch aus und befahl den beiden Häschen, zu mir aufs Bett zu kommen.

Lucy war die erste und knutschte mich nieder. Paula kümmerte sich derweil um meinen erigierten Penis. Während Lucys Zunge mit meiner verhandelte, spielte Paulas Zunge an meiner Eichel herum.

Auch Lucy wollte nun etwas Handfestes in den Mund nehmen und gesellte sich zu Paula ans Bettende. Beide knieten vor mir und bliesen mich abwechselnd und zusammen. Es war megageil, diesen beiden Mädels beim Oralsex an mir zuzusehen. Lucy blies nuttig und zügig, Paula eher liebevoll und langsam. Beides war absolut Hammer!

Als Lucy wieder am Zug war, konnte ich ihrem Tempo und Druck nicht mehr standhalten und explodierte in ihr Gesicht. Geil leckte sie all mein Sperma weg und lächelte mich versaut an. Auch Paula war glücklich. Und ich erst! Nun wollte ich die beiden Mädels verwöhnen, doch Lucy war so in Fahrt und knutschte schon mit Paula. Verdammt noch mal, was für ein Weib!

Paula machte hemmungslos mit und ließ sich auf dieses Lesbenspiel ein. Lucy küsste ihre Brüste und wanderte tiefer, bis sie ihre Schamhaare im Mund hatte. Ich war sprachlos und konnte mein Glück kaum fassen: So etwas Geiles hatte ich lange nicht mehr gesehen! 2 19-jährige Mädels treiben es miteinander, live and in living colour vor meinen Augen, exklusiv für mich. Wahnsinn!

Die Lucy leckte Paula so lange, bis diese ihre Orgasmen hatte und wild wie ein Aal im Bett herumzuckte. Nun Damentausch. Jetzt war Paula an der Reihe, ihre neue Freundin glücklich zu machen.

Ich saß mit einem Steifen daneben und starrte gebannt zu, wie sie zärtlich und voller Leidenschaft Lucys ganzen Körper streichelte und küsste und dann mit der Leck- und Saugarbeit begann. Auch sie schien schon Muschi-Erfahrung zu haben und kümmerte sich professionell um Lucys Orgasmus, der äußerst heftig ausfiel. Glücklich nahmen mich beide Mädchen in den Arm und kuschelten mit mir.

„Und, hat es Dir gefallen?", fragte Lucy ihre Bettgenossin. „Ja, das war echt geil, Du hast mir nicht zu viel versprochen!", lächelte Paula. „Für Euch beide war das nicht das erste Mal mit einem Mädel, oder?", wollte ich wissen. „Ach was", grinste Lucy, „ob Mann oder Frau, Sex ist Sex! Ich mache da keine großen Unterschiede." „Und Du?", fragte ich Paula. Die grinste etwas verschämt: „Naja, ein paar Mal habe ich so etwas schon gemacht, aber nur mit meiner besten Freundin."

Während des bisschen Smalltalks entdeckte Lucy, dass mein Penis wieder aktiv und geil war. „Komm, Paula, jetzt ficken wir ihn durch", tönte das bulgarische Luder und wichste meinen Dude richtig steif. Ohne Kondom setzte sie sich auf mich drauf und begann zu reiten. Ihre blanke Pussy war warm und feucht, ich konnte alles genau sehen. Nach 2 Minuten stieg sie ab und schubste Paula auf mich drauf. Die wollte aber nicht ohne Kondom, zum Glück hatte sie eines dabei und rollte es mir schnell über.

Paula ritt zaghafter und hatte ihre Augen dabei geschlossen. Sie war enger als Lucy, aber ebenso saftig. „Jetzt wieder ich!", forderte Lucy und nahm auf dem Kondom Platz. Sie ritt wild und brachte mich an den Rande des Ergusses, doch diesen wollte ich Paula schenken. Also wieder Paula auf mich, und es dauerte nicht lange, bis ich zu beben begann und meine Ladung ins Gummi spritzte. Just in dem Moment zuckte auch Paula auf mir herum und stieß heftige Glücksschreie aus. Auch sie war gekommen. Toll!

Wir waren durchgeschwitzt und gönnten uns eine Dusche zu dritt. Das war schön. Dann lümmelten wir uns aufs Bett, ich in der Mitte, rechts in meinem Arm Lucy, links in meinem Arm Paula. Ein tolles Gefühl! Wir schauten einen Dracula-Film und genossen die Nähe und die Wärme miteinander.

Es war knapp 1 Uhr, als Dracula erledigt und wir wieder geil aufeinander waren. Während Lucy und Paula miteinander knutschten, stieg ich aus dem Bett und zückte aus meinem Koffer die Videokamera, die ich zufällig dabei hatte. Ohne die beiden Grazien um Erlaubnis zu bitten oder darauf aufmerksam zu machen, drückte ich auf Rekord und platzierte die Kamera bestmöglich zum Bett gerichtet auf den großen Tisch.

Die Mädels bemerkten nichts, sie waren im zärtlichen Liebesrausch und knutschten sich ab wie ein frisch verliebtes Paar. Ich sprang dazwischen und mischte kräftig mit. Knutschen mit Lucy, dann mit Paula, dann wieder mit Lucy. Ich war der Hecht im See, der Lord des Rings.

Nun wollte ich Pussys lecken. Zuerst Lucys. Lucy begab sich in Position und spreizte ihre Beine weit auf. Ich tauchte ab und lutschte ihre Schamlippen feucht, dann ihren Kitzler fest. Paula spielte derweil mit meinen Eiern und mit Lucys Brüsten. Sie wurde so geil dabei, dass nun auch sie geleckt werden wollte. Da ich beschäftigt war, musste Lucy ran. Paula kniete sich über Lucys Oberkörper und hielt ihr ihre Fotze vor die Nase. Lucy zögerte keine Sekunde und begann das schöne Gestrüpp zu lecken.

Ich leckte Lucy, und Lucy leckte Paula, und alles auf Band! Geil! Ich spürte, dass Lucy kurz vor ihrem Orgasmus stand. Ich hätte es ihr längst final besorgen können, aber ich wollte, dass beide Mädels gleichzeitig kommen.

Ein paar Minuten später war es dann soweit: Paula wurde immer unruhiger und bereitete sich auf ihren Höhepunkt vor. Ich intensivierte mein Lecken und gab Vollgas. Das Resultat war überwältigend: Beide Mädels kamen zusammen! Die Lucy schrie wie am Spieß, Paula keuchte wie eine Pornodarstellerin in Bestform. Es war vollbracht! Stolz wie Oscar grinste ich die beiden Mädels an und erntete Blicke und Küsse voller Respekt und Dank.

„So, mein Schatz, jetzt bist Du dran, verwöhnt zu werden. Was wünscht Du Dir?", fragte mich Lucy voller Lust. „Einen Special Blowjob", antwortete ich und schlug den beiden ein spannendes Spiel vor: „Also, wir machen das so: Ihr wechselt Euch ab. Jede von Euch bläst genau 30 Sekunden lang, dann Wechsel. Das Ganze geht so lange, bis ich komme.

Diejenige, die es vollbringt, bekommt als Belohnung eine exklusive Massage von mir und der Verliererin. Einverstanden?" Beide Mädels schauten sich an und grinsten: „Okay, wir sind dabei!"

Wir losten aus, wer beginnen darf, die Wahl fiel auf die Paula. Ich legte mich in die beste Position und war gespannt, wie sich das Spiel entwickeln würde. Ich schaute auf meine Uhr und gab Paula das Startsignal: „Go!" Paula nahm zügig meinen Penis in den Mund und lutschte gut an ihm herum. Schnell waren die 30 Sekunden rum und Lucy übernahm.

Mein Dong war bereits mittelsteif und genoss dieses Spiel genauso sehr wie ich. Eine halbe Minute später übergab sie Paula mein vollsteifes Glied. Paulas Augen funkelten und sie gab ihr Bestes. Dann wieder Lucy.

Nach etwa 3,5 Minuten spürte ich, dass es nun brenzlig wird. Das spürte auch Paula und verlangsamte das Tempo. Eine plötzliche Unsicherheit war ihr deutlich anzumerken. Die 30-Sekunden-Intervalle waren trickreich. Was tun? Gas geben und sich auf sein Können verlassen, oder lieber nichts riskieren in dieser heißen Phase?

Ich war gespannt, wie Lucy sich entscheiden würde. Sie gab Gas und versuchte, mich in ihren 30 Sekunden zur Strecke zu bringen, was ihr aber nicht gelang.

Paula schöpfte Mut und glaubte, die intensive Vorarbeit Lucys nun ausnutzen zu können. Sie blies ziemlich heftig und wichste mit einem Kreis aus Daumen und Zeigefinger schnell meinen 15 cm langen Dong-Schaft entlang. Doch ich konnte mich noch beherrschen. Noch.

Lucy war sich nun sicher, mich zum Orgasmus zu bringen, und gab alles. Nach 15 Sekunden ihrer Arbeit spürte ich meinen Orgasmus brodeln und ejakulierte 5 Sekunden später mein Sperma in ihren Mund. Der Orgasmus war megaheftig und unglaublich schön. Lucy jubelte und streckte triumphierend ihre rechte Faust gen Himmel.

„Mist!", fluchte die Paula enttäuscht vor sich hin, dann: „Ich will eine Revanche!" „Die bekommst Du gerne, wenn unser Meister noch einmal kann", grinste Lucy uns beide an. „Ja, später!", versprach ich. „Gönnt mir erst einmal eine kurze Verschnaufpause, ja? Das war ziemlich heftig!"

Während die beiden Mädels wieder TV schauten, ging ich zur Videokamera rüber, schaltete sie ab und ließ sie schnell in meinem Koffer verschwinden. Ich weiß nicht, ob die beiden Flittchen mitbekommen haben, dass ich das Spektakel gefilmt habe, selbst wenn, keine hat etwas dagegen gesagt, also alles okay. Paula und ich verpassten Lucy die gewonnene Massage und kneteten ihren Rücken professionell mit 4 Händen durch. „Ah, tut das gut!", stöhnte sie und genoss.

Danach war ich bereit für die versprochene Revanche. „Dieselben Regeln, ja?", fragte Paula in die Runde. Ich bestätigte. „Ich überlasse Dir den Anfang", forderte Lucy ihre Kontrahentin auf, loszulegen. „Go!", startete ich Runde 2 und Paula legte fleißig los. Sie wollte diesmal unbedingt gewinnen, ihr Ehrgeiz und ihre Lust waren deutlich spürbar.

Sie vögelte mich mit ihren Blicken. Augen-Sex nennt man so etwas. Paula spielte mit mir und machte mich heiß wie einen Backsteinofen. Dann Lucy, die das Flirtspiel Paulas natürlich mitbekommen hatte und ihrerseits nun auch alle ihr zur Verfügung stehenden Reize einsetzte, um mich geil zu machen.

Diesmal hielt ich ganze 5 Minuten durch, dann aber waren Lucys Züge so effektiv, dass mein Penis bald abspritzen wollte. Wechsel. Paula. Lucy merkte, dass sie eine große Chance verpasst hatte und ärgerte sich gewaltig. „Mist!", schimpfte sie leise in sich hinein, doch es war zu spät. Paula erkannte die gute Vorarbeit der bulgarischen Schlampe und setzte zum Zielsprint an.

Gekonnt blies sie mit Zunge an meiner Eichel mich an den Rande des Wahnsinns und über den point of no return hinaus zum ersten Lusttropfen. Als sie den spürte, war ihre Zeit aber leider schon um und Lucy grapschte gierig nach meinem Schwanz. Paula beging einen schweren Regelbruch: Sie drückte Lucys Hand weg und lutschte kräftig weiter, da kam ich auch schon voll in ihr Mäulchen.

In diesem Moment war ihr das sowas von egal! Obwohl ihre Einstellung ja war „In den Mund kommen strengstens verboten!", ließ sie es diesmal zu und nahm alles auf. Hauptsache gewonnen! Einfach genial! „Das war echt gemein von Dir!", schimpfte Lucy. „Ich hätte gewonnen! Deine Zeit war abgelaufen! Ich hätte ihn zum Orgasmus gebracht!"

Paula lächelte nur frech und küsste Lucy mit meinem Sperma auf ihren Lippen. Das besänftigte sie. Paula strahlte und war überglücklich. „So, jetzt bekomme ich die Massage!" Recht hatte sie. Lucy und ich schenkten ihr ein tolles halbstündiges Kneterlebnis, dann schliefen wir Arm in Arm in Arm ein.

Am nächsten Morgen kam der große Abschied. Ich war traurig, die süße Paula hinter mir lassen zu müssen und versprach ihr, mich zu melden, wenn ich wieder in Salzburg bin. Der Restarbeitstag war gut und erfolgreich, dann machten Lucy und ich uns auf den Rückweg nach München. Im Auto bekam ich wieder den obligatorischen Blowjob während der Fahrt, dann setzte ich sie gegen 20 Uhr vor ihrer Wohnung ab und fuhr müde, aber glücklich nach Hause. Die Videoaufnahme mit den beiden Mädels war der Hammer! Als ich sie anschaute, schwebte ich regelrecht. Ich sehe sie mir regelmäßig an und freue mich, so einzigartig geile Erlebnisse erlebt zu haben und weiter zu erleben, wovon andere Männer nur träumen. Danke Paula und Danke Lucy für diese geile Zeit!

Jenny & Gabi & Denise

Ich war eingeladen zur Premierenparty eines neuen amerikanischen Action Movies. Ein Kollege von mir, Ferdinand, hatte da seine Finger mit drin und die Möglichkeit, ein paar Leute mitzunehmen. So flogen wir Samstagmorgen um 9 Uhr nach London. 5 Kollegen und ich freuten uns auf die Premiere und 1 Nacht in einem englischen Nobelhotel.

Mein 70 m² großes Zimmer war die Wucht: Luxus pur. Sehr schön eingerichtet, teure Möbel, sehr exklusiv. Am Abend schmissen wir uns in Schale und spazierten in den riesengroßen Kinopalast ein, wo es um 20 Uhr losging. Der Film war gut, zeitgemäß und spannend. Das Geschehen verlagerte sich dann in die „Party Zone", einer bekannten Disco, 400 m vom Kino entfernt. Nach Ansprachen von Regisseur und Schauspielern wurde die Feier eröffnet.

Ein stadtbekannter DJ sorgte für gute Musik, das Buffet war Spitzenklasse, aber am besten gefielen mir die vielen, hübschen Ladies. Während ich überlegte, welche es denn heute sein könnte, hörte ich eine zarte Stimme: „It´s really nice here, isn´t it?" Ich drehte mich um und sah eine bildschöne Frau. „Yes", antwortete ich, „I like it very much, it´s a good party."

„My name is Jenny", sagte sie und reichte mir ihre hübsche Hand. „So nice to meet you", begrüßte ich sie und stellte mich ebenfalls vor. „Where you come from?", wollte sie wissen. „Munich, Germany." Sie fing an zu lachen: „Na, dann können wir Deutsch sprechen, ich bin aus Hamburg."

Jenny war Model und beruflich hier. Sie war 26 Jahre alt und hatte lange, blonde Haare. Eine Traumfrau. Sie trug ein schickes Kleid mit tiefem Ausschnitt. Ihre langen Beine glänzten, ebenso ihre Arme. Sie hatte unglaublich schöne Augen und einen perfekten Mund. Wir gingen an die Bar und bestellten uns 2 Cocktails. „Bist Du alleine hier?", fragte sie. „Nein, wir sind zu sechst da", antwortete ich, „aber wo meine Kollegen gerade sind, weiß ich nicht." „Ich bin mit meiner besten Freundin hier, die ist auch Model. Wir arbeiten immer zusammen. Ah, da drüben ist sie. Komm, ich stelle sie Dir vor."

Gabi war auch verdammt hübsch. Sie hatte lange, braune Haare und eine ebenso geile Figur wie Jenny. Während Jenny kurz auf die Toilette ging, unterhielt ich mich angeregt mit Gabi, die mir immer wieder ihr allerschönstes Lächeln schenkte. Sie war 25, braun gebrannt und sah aus wie Demi Moore in jungen Jahren.

Gabi wich mir nicht mehr von der Seite. „Lass uns doch woanders hingehen, in irgendeinen Club oder so, was meinst Du?", fragte sie mich. „Okay. Kennst Du einen guten hier?" „Ja, ein paar Straßen weiter ist ein cooler mit Lounge." Zu dritt gingen wir in den netten Club und kamen uns näher. Ich tanzte heiß mit Gabi, dann mit Jenny. Mit beiden hatte ich sehr intensiven Blickkontakt, die Berührungen häuften sich.

Wir hatten schon einige Cocktails intus, als mich Gabi fragte: „Hast Du Lust auf uns beide?" „Euch würde ich sofort nehmen!", schoss es aus mir heraus. „Okay, dann los!" Wir verließen den Club und nahmen ein Taxi ins Hotel. Da die beiden im selben Haus wie ich residierten, luden sie mich in ihr Doppelzimmer ein, das noch pompöser war als meines.

Dort angekommen, ging der Wahnsinn los. Gabi und Jenny fingen an, sich zu küssen und zogen eine geile Lesbenshow vom Allerfeinsten ab. „Gefällt Dir das?" „Und wie!", jubelte ich. „Weiter!" Sie zogen sich gegenseitig aus, und zum Vorschein kamen ultimativ vollendete Frauenkörper. „Ich kann es nicht fassen, was hier gerade geschieht", murmelte ich in mich hinein. „Unglaublich!"

Jenny streichelte mit der einen Hand Gabis Brüste, mit der anderen ihre eigenen. Dann fielen beide Höschen. Ich sah 2 blanke Muschis der Sonderklasse. Jenny und Gabi waren so schön wie Playboy-Mädchen, nur live and in living colour.

„Hast Du Lust mitzumachen?", stöhnte Gabi mich mit ihrer reizvollen Stimme an. „Am liebsten schon seit 10 Minuten", hechelte ich. Gabi und Jenny stolzierten auf mich zu. Während mir Jenny ihre Zunge tief in den Hals steckte, öffnete Gabi mein Hemd, zog mir meine Hose und Unterhose aus und nahm mein bereits steifes Glied in den Mund. Während ich stehend mit Jenny knutschte, blies mir Gabi dermaßen gut einen, dass mir fast einer abging. „Lege Dich hin, Süßer, jetzt geht die Post ab", versprach Gabi.

Während sie auf mir ritt, kniete sich Jenny über mein Gesicht, sodass ich ihre Pussy lecken konnte. Ich dachte immer wieder ́Wie geil, wie geil ́. Nach wenigen Minuten spürte ich meinen Orgasmus kommen, der alles bisher Dagewesene sprengte. Ich kam so heftig wie noch nie zuvor in meinem Leben. Gabi ritt im Rausch weiter und weiter, während ich Ladung für Ladung in sie hineinspritzte. Ich stöhnte laut, mein ganzer Körper zitterte wie verrückt. Jenny drückte mir ihre Fotze ins Gesicht, sie wollte auch kommen, und ich leckte sie im Affentempo zu ihrer Erlösung. Ich zitterte immer noch. So etwas hatte ich noch nie erlebt.

Nun war Gabi an der Reihe, verwöhnt zu werden. Während ich ihre Pussy ausschlürfte, saugte Jenny an ihren Brüsten. Laut schreiend kam auch sie zu ihrem Höhepunkt. Wir waren nass geschwitzt und gingen zu dritt unter die Dusche. Schnell hatte ich wieder einen Steifen. „Na, da ist aber jemand gierig", lächelte Gabi und flüsterte Jenny etwas ins Ohr. Ich wusste nicht, was die beiden vorhatten, aber es konnte nur etwas Geiles sein.

Gabi ergriff meinen Schwanz und führte mich zum Bett, wo ich mich hinlegen sollte. Beide knieten sich vor mich und gaben mir einen Double Blowjob. Abwechselnd nahmen sie meinen Dong in den Mund und saugten an ihm wie an einem Lolli. Es war ein himmlisches Bild, wie sie mich mit 4 Händen und 2 Mündern verwöhnten. Gabi blies langsam, aber tief. Ihre rechte Hand umfasste dabei meinen Penis mit einem lockeren Griff. Jenny nahm nur die Penisspitze in den Mund und wichste mit einem Daumen-Zeigefinger-Kreis schnell den Schaft auf und ab. Beides war absolut geil!

Nach ein paar Minuten spritzte ich ihnen in ihre Gesichter. „Geil!", stöhnte Gabi und küsste mit meinem Sperma auf ihren Lippen Jenny. Ich war fix und alle, nervlich wie körperlich. Ich konnte mein Glück kaum fassen. Mit den beiden süßen Schnecken im Arm schlief ich ein.

Am nächsten Morgen hatten wir wieder Sex. Ich fickte beide hintereinander, es war megageil. Ich hatte 2 heftige Orgasmen, einen in Gabi, einen in Jenny. Es war der helle Wahnsinn!

Der Abschied fiel mir schwer. Wir tauschten Handynummern und die Mädels versprachen mir, dieses Spektakel bei nächster Gelegenheit zu wiederholen. Ich flog mit meinen Kollegen zurück nach München und träumte noch Wochen danach von den beiden Grazien.

Über 1 Jahr später fand in Paris eine große, internationale Fernsehgala mit Preisverleihung statt. Wir waren mit unserer neuen TV-Serie nominiert und eingeladen. Mein Zimmer im Hotel Residence war sehr stilvoll eingerichtet. Ich stylte mich für den Abend und zog meinen besten Anzug an.

Im Olympia, wo die Veranstaltung stattfand, erwartete mich eine faustdicke Überraschung: Jenny! Sie sah noch geiler aus als damals. Ihre langen, blonden Haare wehten im Wind, ihr Lächeln war umwerfend.

Sie erblickte mich und stolzierte auf mich zu: „Hey! Lange nicht gesehen. Wie geht´s Dir?" Sie drückte mir ein Bussi auf die Wange und strahlte mich an. „Danke, mir geht´s gut. Ist ja ein Ding, dass Du auch hier bist." „Nicht nur ich", grinste sie. „Schau mal da drüben." Ich konnte es kaum fassen: Gabi! Ich winkte ihr zu, sie beendete hastig ihre Konversation und kam zu mir. „Na Du, ich freue mich sehr, Dich wiederzusehen", begrüßte sie mich mit einer innigen Umarmung. „Ich freue mich auch sehr", entgegnete ich. „Wir haben hier noch zu tun. Sehen wir uns später auf der After Show Party?", fragte Gabi. „Klar." „Wir freuen uns schon auf Dich", flüsterte mir Jenny ins Ohr.

Leider gewann unsere Serie nicht den Preis, stattdessen eine bescheuerte Comedy-Soap aus Holland. Trotzdem war es für uns ein Erfolg, dass unsere Produktion auf internationaler Bühne vorgestellt wurde. Wir erhielten einige Anfragen für weitere Projekte, von denen einige später realisiert wurden.

Nach der Gala zählten für mich nur 2 Sachen: Jenny und Gabi. Zuerst sah ich Jenny. Sie unterhielt sich gerade mit einem anderen Typen, aber das war mir egal. Ich gesellte mich dazu und lockte sie unter einem Vorwand an die Bar. Dort konnten wir ungestört quatschen. „Das hast Du aber trickreich gemacht, um mich von diesem Kerl loszureißen", lächelte sie. „Weißt Du überhaupt, wer das war?" „Nein, ist mir auch egal", meinte ich trocken.

„Das war Eric Bouché, ein bekannter französischer Regisseur."
„Und er wollte Dich ficken, oder?", fragte ich genervt. „Ja, wie die meisten hier", grinste Jenny. Ich drehte mich ab.

„Was hast Du denn? Du bist doch nicht etwa eifersüchtig, oder? Lass die Typen doch baggern, ich habe mich schon längst entschieden, mit wem ich heute aufs Zimmer gehen werde." „Ach ja? Und mit wem?" „Mit Dir!" Ich freute mich. „Und Gabi möchte auch mit." Ich strahlte noch mehr. Das wird wieder eine heiße Nacht!

Kurz darauf ging es ab ins Hotel. Jenny und Gabi luden mich in ihr Zimmer ein, wo mich ein Abenteuer der Spitzenklasse erwartete. Zuerst nahmen wir ein Bad zu dritt. Ich staunte nicht schlecht: Jenny und Gabi hatten sich identische Tattoos auf ihre Rücken stechen lassen: ein Schmetterling ähnliches Symbol. Es gefiel mir. Dann fielen ihre Höschen. Ihre Pussys waren genauso schön, wie ich sie in Erinnerung hatte, nur diesmal hatten beide einen dünnen Schamhaarstrich vorzuweisen, Jenny einen blonden, Gabi einen dunkelbraunen.

Wie 2 Göttinnen stiegen sie in die Wanne und forderten mich auf, zu ihnen zu kommen. Ich gehorchte ihnen aufs Wort. Die beiden begannen, mich sanft zu berühren und drückten sich eng an mich, eine von hinten, eine von vorne. Plötzlich spürte ich eine Hand um meinen Schwanz, doch wer ihn wichste, das wusste ich nicht. Egal.

Nach ein paar Minuten Kuscheln, Fummeln und Knutschen begaben wir uns aufs Luxusbett, wo die Action begann. Während ich Jenny von hinten fickte, leckte sie Gabis Muschi wie Sushi. Auf einmal kam ich auf die Idee, ihn ihr hinten rein, also oben rein zu stecken, in den Anus, was sie tatsächlich mit sich machen ließ. Jenny stöhnte lauter als zuvor, ich stieß hart und härter zu, bis ich merkte, dass es vielleicht etwas too much war. Stellungswechsel. Partnerwechsel.

Nun war Gabi dran. Ich nahm sie in der Missionarsstellung, während Jenny sich erst einmal vom Arschfick erholte und selbst an ihrer Muschi Hand anlegte. Ich merkte, dass ich kurz vor meinem Orgasmus war. Ich zog ihn heraus und ließ die Mädels gute Handarbeit machen. Jenny und Gabi wichsten mich gemeinsam zum Höhepunkt, der sehr spritzig war.

Nachdem 2 Ladungen herausgeschossen waren, nahm die Gabi meinen Schwanz in den Mund und schluckte die nächsten Spermazüge. Ich jubelte vor Glück und zitterte wie ein Erdbeben. „Geil!", keuchte ich. „Geil!", keuchte Jenny. „Geil!", keuchte Gabi. Wir lagen nackt auf dem Bett und unterhielten uns. Die beiden Ladies erzählten mir von ihrem neuen Hobby Badminton, von ihren letzten Kurzbeziehungen und warum sie doch lieber Single bleiben wollen.

So, nun stand Runde 2 an. Diesmal hatten die beiden etwas Besonderes mit mir vor: Sie verbanden mir die Augen mit einem Schal und verwöhnten mich nach allen Regeln der Kunst. Zuerst spürte ich 4 Hände, die mich von oben bis unten liebkosten, dann gab es einen Double Blowjob, wobei ich nie wusste, wer gerade am Blasen war. Plötzlich ritt mich eine: Es war Gabi, das konnte ich spüren. Sie war enger als Jenny. Außerdem hörte ich es am Stöhnen. Danach durfte Jenny, die mich ziemlich wild ritt. Das Bett bebte, genauso wie ich. Ich konnte mich nicht mehr zurückhalten und explodierte in Jenny, die wenige Sekunden später auch zum Orgasmus kam.

Während wir beide hechelten, hörte ich eine Tür knallen. Es war Gabi, die im Badezimmer verschwand. Ich legte den Schal beiseite und schaute Jenny fragend an: „Was ist los?" „Ich weiß nicht, sie ist einfach aufgestanden und gegangen, als wir kamen." Ich wollte nach Gabi sehen, doch die Badezimmertür war abgeschlossen. „Süße, was ist denn los?", fragte ich. „Du bist einfach in ihr gekommen!", motzte sie. Ich verstand. Sie war eifersüchtig, dass ich den Sex mit Jenny beendet hatte, und nicht mit ihr.

„Es ging nicht mehr, ich musste kommen", rechtfertigte ich mich. „Aber wenn Du möchtest, komm ich auch in Dir. Ist dann alles wieder in Ordnung?" Das Türschloss öffnete sich und Gabi kam mit gesenktem Kopf herausgeschlichen. „Sorry, war nicht so gemeint", murmelte sie. „Es war halt so … plötzlich. Ich war so überrascht, und auf einmal so wütend, dass ich die Nerven verloren habe." Sie umarmte ihre Freundin Jenny, dann mich. Was sind Frauen nur für komplizierte Wesen, dachte ich. Die beiden sind wirklich keine Kinder von Traurigkeit, wie viele Typen die wohl schon zusammen gevögelt haben.

Und trotzdem gibt es Zickenterror, nur weil ich in einer gekommen bin. In beiden gleichzeitig geht halt schlecht. Aber na gut, die Sache schien ja jetzt geklärt zu sein.

„Jetzt ich", sagte Gabi. Ich schaute Jenny an, die nickte und gab mir ihr Okay. Gabi spielte ein wenig an mir herum, bis er steif und stoßbereit war. „Ich will Dich genauso zum Orgasmus reiten, wie Jenny es getan hat", meinte sie mit einem gierigen Lächeln und bestieg mich. Während Jenny zusah, spielte Gabi die wilde Reiterin. Ihre Brüste wippten auf und ab. Ich sah, wie mein Schwanz in immer kürzeren Intervallen in ihrer Fotze verschwand und wieder hervorkam.

Jenny wurde geil und knutschte mit mir. Wie geil war das! Mit der einen knutschen und von der anderen gefickt werden. Laut kam ich zu meinem Samenerguss, und auch die scharfe Gabi schwebte auf Wolke 7. Zufrieden schliefen wir zu dritt Arm in Arm in Arm ein.

Am nächsten Tag standen einige wichtige Pressetermine an. Am Abend war ich dann wieder mit Jenny und Gabi verabredet. Wir gingen in ein italienisches Restaurant und speisten vornehmlich. Danach stand Sex auf dem Programm, aber nicht zu dritt, sondern zu viert!!

Was war passiert? Im Hotel trafen wir die Denise, eine Modelfreundin von Jenny und Gabi. Sie gehörte derselben Agentur an. „Hi, ich bin Denise", stellte sie sich mir vor. Sie war eine unglaublich hübsche Frau und sah aus wie Michelle Hunziker, die für mich zu den Top 3 der attraktivsten Frauen zählt. Sie gefiel mir. Da klingelte mein Handy. Chefchen wieder mal. Ich entschuldigte mich und begab mich an die frische Luft.

Als ich zurückkam, kicherten die 3 so komisch. Irgendetwas war im Gange. „Pass auf", flüsterte mir Gabi zu, „Denise findet Dich auch ziemlich geil und würde gerne mitmachen." Ich schaute Denise an, die lächelte nur und blickte mir tief in die Augen. Was gab es da noch zu überlegen? Denise war 23 Jahre alt, schlank und hatte eine Hammerfigur. Ihre dunkelblonden Haare trug sie rückenlang, sie waren gelockt und gefärbt. Zu dritt fielen sie über mich her. Zuerst knutschte ich mit Denise, während sich Jenny und Gabi an meinem Schwanz zu schaffen machten.

Dann war Denise dran. Mit einem unglaublich intensiven Griff umfasste sie meinen Zauberstab und befriedigte ihn mit mittelschnellen Auf-und-Ab-Bewegungen. Dann nahm sie ihn in den Mund. Sie hatte sehr schöne Lippen, das spürte ich schon beim Küssen, und diese Lippen machten jetzt ernst.

„Warte, sonst komme ich!", rief ich aufgeregt, doch Denise wollte gerade das. Mit kräftigen Zügen brachte sie mich zum Orgasmus, den ich ihr in den Mund spritzte. Leider konnte ich es nicht sehen, da ich gerade mit Jenny und Gabi knutschte und beide mir die Sicht verdeckten. Es war ein Hammerorgasmus! Als ich fertig war, legte sich Denise auf mich. Mein Sperma klebte an ihren Lippen, sie sah aus wie ein Engel. Ich war sooo glücklich!

Jenny und Gabi wollten es auch schmecken und leckten an Denises Lippen herum. Es startete die geilste Lesbenshow, die ich je in meinem Leben sehen durfte. Die 3 wurden immer hemmungsloser und streichelten, leckten und fingerfickten sich gegenseitig in allen möglichen Varianten. Ich wurde von Sekunde zu Sekunde schärfer.

Gabi war die erste, die kam. Dann Jenny. Schließlich verwöhnten beide die Denise. Während Gabi an ihren Brüsten saugte, leckte Jenny ihre Pussy und rieb ihre Klitoris, bis sie es nicht mehr aushielt und laut schreiend zum Höhepunkt kam. Ich saß da mit offenem Mund und einem Steifen. „So etwas Geiles habe ich noch nie gesehen!", stotterte ich die 3 Grazien an, die mich allesamt anlächelten. Denise kam auf mich zugekrochen und meinte: „So, dann wollen wir mal wieder." Genüsslich nahm sie meinen Knüppel in ihre Hand und in ihren Mund. Jenny und Gabi legten sich neben sie und abwechselnd diente mein Penis ihnen als Lolli.

Von 6 Händen gestreichelt und von 3 Mündern geblasen zu werden, ist ein einzigartiges Erlebnis! Mir fiel ein, dass ich meine Videokamera dabei hatte. Wie gerne hätte ich das auf Band! Doch bevor ich diesen Gedanken zu Ende denken konnte, spürte ich meinen Saft. Mit entscheidenden Zügen wichsten mich die Ladies zum Orgasmus. Die erste Ladung ging in Gabis Gesicht, von den folgenden bekamen Jenny und Denise etwas ab. Ich war der glücklichste Mann der Welt.

Da Jenny und Gabi am nächsten Morgen sehr früh das Hotel verlassen mussten, ihr Rückflug ging bereits um 6:50 Uhr, entschieden wir uns, getrennt zu schlafen. Ich verabschiedete mich von den 3 Damen mit den Worten „Ich hoffe, wir sehen uns bald wieder" und ging in mein Zimmer. Als ich ins Bett gehen wollte, klopfte es. Ich öffnete, es war die Denise. „Ich habe gedacht, ich schaue mal vorbei", grinste sie mich an. „Darf ich reinkommen?" „Klar", antwortete ich und ließ sie eintreten.

„Das war so megageil mit Dir und den Mädels, da dachte ich, so ganz alleine mit Dir wäre auch nicht schlecht." Noch bevor ich reagieren konnte, zog sie mir mein Höschen aus und begann mir einen zu blasen. Weiter ging es auf dem Bett, wo ich Denise zuerst von hinten, dann von oben vögelte. In der Missionarsstellung spritzte ich ab.

„Jenny und Gabi wissen nicht, dass ich hier bin. Die würden mir an die Gurgel gehen, wenn sie das erfahren. Das bleibt bitte unter uns, okay?" „Na klar", bestätigte ich. Schon wieder dieser Zickenterror, dachte ich, was sind Frauen nur für Menschen. Wir schliefen Seite an Seite ein und erwachten um 7:30 Uhr. Während sich Denise im Bad frisch machte, überlegte ich, meine Videokamera einzusetzen.

Gedacht, getan. Ich holte sie aus dem Koffer und platzierte sie geschickt inmitten meiner auf einem Stuhl liegenden Sakkos. Denise kam zurück und war in Ficklaune. Perfekt, let the show begin! Zärtlich begann sie, mich mit ihrem Mund zu verwöhnen. Ich lag so, dass für die Kamera alles gut sichtbar war, Denise aus ihrem Winkel die Kamera aber nicht sehen konnte. Nach ein paar Minuten kam sie auf mich drauf und ritt mich. Ihr Oberkörper war genau zur Kamera gerichtet. Ich machte in der Missionarsstellung weiter, dann Doggy Style.

Ich wollte unbedingt, dass das Finale gut zu sehen war und bat sie, es mir mit Mund und Hand zu Ende zu machen. „Warum?", fragte sie. „Weil ich es geil finde", sagte ich und legte mich in die beste Position. „Na gut." Sie blies mich, bis ich zum Orgasmus kam. Die erste Ladung schluckte sie, dann wichste sie mit der Hand weiter. Perfekt, genauso wollte ich es haben. Wir verabschiedeten uns mit den Worten „Hoffentlich sehen wir uns bald wieder".

Als sie raus war, schaute ich mir die Aufnahme an. Sie war absolut geil. Denise sah aus wie eine Göttin. Es törnte mich dermaßen an, zu sehen, wie sie mich ritt, mich fickte und es mir am Schluss mit Hand und Mund besorgte, dass ich mir einen runterholte.

Ich packte den Koffer und traf mich mit meinen Kollegen. Während des Fluges ließ ich das Wochenende mit Jenny, Gabi und Denise noch einmal an mir vorbeiziehen. Ich dankte Gott für dieses Geschenk und nickte glücklich ein.

Raliza

War damals süße 14 Jahre alt und meine erste Frau. Wir waren in derselben Klasse und hatten eigentlich gar nichts miteinander zu tun. Die Klasse war aufgesplittet in Jungs und Mädels. Die Jungs interessierten sich für Fußball, Alkohol und Mädels, die Mädels für Schmuck, Mode und Jungs, aber es wurde mehr geredet als etwas unternommen.

Raliza war ein sehr unscheinbares Mädchen, das aber durch die Pubertät enorm an Ausstrahlung und Weiblichkeit gewann. Von Woche zu Woche wurde sie hübscher und übte mehr und mehr Anziehung auf mich aus. Schließlich war klar: Ich hatte mich in sie verliebt.

Ich war 14 und hatte längst damit begonnen, meine Sexualität zu erforschen und zu genießen. Selbstbefriedigung stand täglich auf meinem Plan. Dabei schaute ich mir gerne halbnackte, hübsche Frauen in diversen Zeitschriften an … noch lieber ganz nackte. Auch die BRAVO war eine schöne Wichslektüre. Ich freute mich, meinen Penis wachsen und reifen zu sehen und war stolz auf meine schon damals kräftigen Samenergüsse.

Die meisten Mädels und Jungs in unserer Klasse waren mehr verspielt als reif und widmeten sich noch nicht so intensiv dem anderen Geschlecht. Raliza aber hatte ihre neu erworbene Weiblichkeit längst entdeckt und spielte mit ihren Reizen. Sie zog sich bauchfreie Tops an, hautenge Jeans, String-Tangas und schminkte sich nicht schlecht.

Eines Tages nach Schulschluss wollte ich gerade nach Hause gehen, da hörte ich eine weibliche Stimme rufen: „Warte mal, kannst Du mir kurz helfen?" Ich drehte mich um: Es war Raliza. Sie stürmte auf mich zu und bat mich, ihr doch bitte bei Mathe zu helfen, da ich darin so gut sei. Vor der anstehenden Klausur hatte sie ordentlich Schiss und kaum gelernt: „Ich verstehe die Zahlen einfach nicht. Kannst Du mir helfen, bitte?" Hilfsbereit wie ich bin, willigte ich ein und wir verabredeten uns für den kommenden Nachmittag bei ihr zu Hause. Ihre Mutter öffnete die Tür und hieß mich als den Retter ihrer Tochter Willkommen.

Raliza wartete schon in ihrem Zimmer auf mich. Ich legte meinen Ranzen ab und wir begannen die Lehrstunde. Raliza verfolgte aufmerksam meine Ausführungen und gab sich sichtlich Mühe, alles zu verstehen. Am Ende war etwa die Hälfte hängengeblieben, für den Anfang nicht schlecht. Sie bedankte sich und drückte mir zum Abschied ein Dankeschön-Bussi auf die Wange. Am Abend masturbierte ich zum ersten Mal mit Raliza in meinem Kopf. Ich stellte sie mir genau vor und kam ziemlich heftig.

2 Tage später war ich erneut zur Lernsession geladen. Diesmal war Raliza allein zu Haus. Vater bei der Arbeit, Mutter bei einer Freundin zu Besuch. Raliza hatte sich richtig flott gemacht für mich: Sie trug ein sehr enges T-Shirt und hatte keinen BH darunter, das konnte ich erkennen. Ihre steifen Brustwarzen ebenso.

Sexy setzte sie sich aufs Bett und bat mich, neben ihr Platz zu nehmen. Okay. Ich fing an mit Mathe, doch das interessierte sie Motte. Sie hörte gar nicht zu, sondern fixierte mich. Das merkte ich natürlich und wurde immer unsicherer. „Was schaust Du mich so an?", stammelte ich sie fragend an. Da neigte sie sich schon vor zu mir und küsste mich zärtlich auf den Mund. Ich war perplex. Damit hatte ich nicht gerechnet.

Schnell kapierte ich, was Sache war und küsste mit. Raliza hatte wohl schon Übung in dem, was sie tat. Sie konnte gut küssen, sofern ich das damals als unerfahrener Hans beurteilen konnte. Ich hatte zuvor noch nie ein Mädchen geküsst, also machte ich einfach das, was sie tat. Nun spürte ich ihre Hände an meiner Brust, also musste auch ich zugreifen und berührte sanft, aber unsicher ihre festen Titties.

Raliza stöhnte auf und drückte meine Hände fest gegen ihre Brüste. Das fühlte sich interessant an. Sie zog sich ihr Shirt aus und ich durfte nun richtig kneten. Dabei führte sie meine Hand und zeigte mir, wie sie es mochte. Für mich war das alles so aufregend, mein Penis war vollsteif und wollte frische Luft schnuppern. Raliza konnte irgendwie hellsehen, denn kurz darauf erfüllte sie meinem Prügel diesen Wunsch. Wir legten uns auf ihr Bett und sie zog mir die Hose mitsamt Unterhose aus. Ich war erregt wie ein Klappmesser.

Als sie meinen Penis berührte, tanzten die Schmetterlinge in meinem Bauch den Liebeswalzer. Raliza war die erste Frau, das erste Mädchen überhaupt, das meinen Penis berührte. Gekonnt fing sie an, meine Vorhaut hoch und runter zu bewegen. Es fühlte sich so verdammt gut an, ihre süßen Fingerchen um meinen Penis zu spüren.

Doch die Aufregung und der Druck waren zu groß für mich und so kam ich bereits nach 2 Minuten sanften Wichsens zu einem spritzigen Orgasmus. Raliza kicherte verstohlen und grinste mich verliebt an. „Und, hat es Dir gefallen?" „Klar! Es war super!", frohlockte ich und konnte meinen ersten, zarten Sex mit einer Frau kaum fassen. Wir lernten noch ein wenig, dann ging ich, diesmal mit Abschiedskuss auf den Mund.

Wieder 2 Tage später dasselbe Spiel: Raliza wartete auf mich und wir hatten freie Bude. Diesmal legten wir sofort los. Mathe interessierte uns einen Scheißdreck. Raliza übernahm wieder die Initiative und küsste mich aufs Bett. Dort zog sie mich komplett aus, dann sich. Zum ersten Mal sah ich ein Mädchen in diesem Alter nackt. Es war unbeschreiblich schön. Ralizas Körper glich dem einer Fee, ihre Rundungen waren noch mädchenhaft, ihre Haut jung und frisch. Schwarze Schamhaare verdeckten ihren Pforteneingang. Sie legte sich neben mich und wir begannen uns gegenseitig zu streicheln.

Auf einmal ergriff sie meine Hand und führte sie zu ihrem Schambereich. Zum ersten Mal in meinem Leben durfte ich eine Klitoris streicheln. Raliza führte meine Hand gekonnt und erfahren, sie wusste genau, was ihr gefällt und wie sie es wollte. Schneller wurden meine Rubbeleien, immer schneller und zielstrebiger. Ich arbeitete nun freihändig. Raliza schien es zu gefallen, sie hatte ihre Hand derweil auf meinen steifen Penis gelegt und massierte ihn sanft.

Plötzlich wurde sie unruhiger und stöhnte lauter. Mir war klar, dass hier gerade etwas Besonderes passiert. Ihr Orgasmus war heftig. Ich rubbelte so lange weiter, bis sie meine Hand sanft wegdrückte. „Das war schön!", säuselte sie mir ins Ohr. „Das hast Du gut gemacht." Ich freute mich wie Samson. „So, nun verwöhne ich Dich", lächelte mich Raliza süß an und widmete sich meinem steifen Schwanz.

Sie kniete sich zwischen meine Beine und wichste meinen Dude, zuerst mit einer Hand, dann mit beiden. Hammer! Ich starrte sie die ganze Zeit an, ihr Gesicht, ihr Lächeln, ihren Körper, ihre Brüste, ihre Muschi, dann kam ich. Mein Samen spritzte hoch hinaus und entlockte ihr ein „Hui!", dann „Oh mein Gott! Du kommst aber heftig!". Glücklich sackte ich zusammen und schaute ihr dabei zu, wie sie mit Feuchtigkeitstüchern ihre Hände und ihre Brüste von meinem Sperma befreite. Dann kuschelten wir.

„Sag mal, hat Dir schon einmal ein Mädchen einen geblasen?", fragte sie mich neugierig. „Nein, noch nicht", antwortete ich noch neugieriger. „Möchtest Du, dass ich es mal bei Dir mache?" Was für eine geniale Frage. Darauf gab es nur ein Ja zu antworten. „Sehr gerne, wenn Du es mir machen möchtest."

Raliza nickte und zog mich hoch. Ich sollte mich hinstellen und abwarten. Das tat ich. Was hatte sie vor? Sie verschwand kurz im Bad und kam mit einem Haargummi zurück. Mit diesem bändigte sie ihre lange, schwarze Mähne zum Rossschwanz und kniete sich vor mich hin. Mein Penis stand längst wie eine Eins und war bereit für den ersten Kontakt mit einem Mund.

Als sie meinen Penis vorsichtig küsste, hob ich fast ab. Ich blickte an mir herunter und sah, wie Raliza ganz behutsam meinen Penis in ihren süßen, kleinen Mund schob. Was sie dann machte, war der absolute Wahnsinn! Ihre Zunge war schon fleißig geübt und umfuhr meine Penisspitze, während sie schön vor und zurück blies. Dieses ganze Szenario war zu viel für mich und nach nicht einmal 1 Minute kam ich in ihren Mund. Raliza reagierte schnell und zog meinen Schwanz aus ihrem Rachen, sodass ich auf ihre Brüste und Beine kam. Schlucken wollte sie nicht, verständlich, mit 14.

So ging das weiter mit uns. Wir trafen uns regelmäßig und intensivierten unser Petting von Mal zu Mal. Ich genoss es unglaublich, wenn sie mich oral verwöhnte, mittlerweile hielt ich nun schon immerhin 3 Minuten durch, länger war unmöglich, so törnte sie mich an, wenn sie nackt vor mir kniete und mich mit ihrem Mund befriedigte. Eines Tages fragte sie mich: „Möchtest Du es auch mal mit dem Mund bei mir machen?" Ich war unsicher.

„Du, ehrlich gesagt, habe ich das noch nie gemacht, ich weiß nicht, wie das geht." „Du musst einfach lecken. So, wie Du ein Eis leckst, so leckst Du mich da unten, okay?" „Okay", stammelte ich und bereitete mich auf das erste Pussy-Lecken meines Lebens vor. Raliza legte sich aufs Bett und öffnete ihre Beine. Ich kniete mich vor sie und senkte meinen Kopf. Je näher ich ihrer Scham kam, desto intensiver roch ich es. Das muss wohl der Scheidensaft sein, dachte ich und streckte vorsichtig meine Zunge aus.

Es war ein komisches Gefühl, Pussy zu lecken. Raliza gab mir gute Anweisungen und Tipps, die ich erfolgreich in die Tat umsetzte. Ich war mir sicher, sie hatte so etwas schon mehrfach erlebt, sonst hätte sie mich nie so gut gesteuert. Je länger ich sie leckte, desto mehr Spaß hatte ich dabei. Raliza auch. Sie hatte ihre Augen geschlossen und konzentrierte sich auf ihren Höhepunkt, den ich ihr wenige Momente später schenkte. Nun wurde es richtig saftig. Lecker! Ich saugte brav zu Ende und legte mich dann wieder neben sie. Raliza war glücklich und küsste mich fest.

„Willst Du mit mir gehen?" Diese Frage verstand ich erst beim zweiten Anlauf. „Du meinst, ob ich Dein Freund sein will?" „Ja", sagte sie. „Ja", sagte ich. Knutschkuss. Wir wurden ein Paar. Doch einfach war es nicht, denn Ralizas Eltern durften unter keinen Umständen von uns erfahren. „Mein Vater würde mich umbringen, und Dich gleich mit." Dieses Risiko war ich nicht bereit einzugehen. Mein Leben mit 14 enden zu lassen – niemals, viel zu früh!

Also mussten wir es geheim halten. Zumindest auf dieser Seite. Auf der anderen befanden sich meine Eltern, die das viel lockerer sahen. Klar durfte ich Raliza nach der Schule mit nach Hause bringen und mit ihr in meinem Zimmer verschwinden. Meine Mutter wusste, dass wir zusammen waren und ließ uns machen. Mein Daddy ebenso. Der war sowieso kaum zu Hause, der trieb sich nach der Arbeit mit anderen Weibern herum. Wenn er zu Hause war, suchte er das „Mann zu Mann"-Gespräch und machte mir Mut, sie bald mal zu „knacken". Dass es da nichts mehr zu knacken gab, wusste er nicht, Raliza hatte ihre Unschuld nämlich schon mit 12 verloren. So ein Luder!

Ich genoss die Monate mit Raliza sehr. Der Sex mit ihr war toll. Ich liebte es, wenn sie mir einen runterholte oder mir einen blies, oft tat sie das mehrmals täglich, ich konnte nicht genug davon bekommen.

Eines Tages wollte sie mehr: „Du, hast Du nicht einmal Lust, mit mir zu schlafen?" Ich erstarrte – vor Angst, aber auch vor Geilheit. Natürlich hatte ich Lust, aber ich war unerfahren, ich hatte schließlich noch nie mit einer Scheide geschlafen. „Ja, schon", antwortete ich, „aber ich bin unsicher, es ist mein erstes Mal." „Keine Sorge", beruhigte sie mich, „ich bin keine Jungfrau mehr, ich weiß, wie das geht. Lege Dich einfach hin und entspanne Dich."

Ich gehorchte und ließ sie machen. Sie holte ein Kondom aus ihrem Schulranzen, packte es aus und streifte es mir passend über meinen Penis. Dann wichste sie ein bisschen herum, bis alle Beteiligten bereit für das große Event waren: Ficken! My first time! Sie kniete sich über mein Becken und ließ ihren schwarzen Busch langsam runter. Mit ihrer rechten Hand ergriff sie meinen Dong und stöpselte ihn ein. Mann, fühlte sich das geil an! Sie begann langsam zu reiten.

Ihre schönen Brüste wippten fröhlich auf und ab, ich betrachtete das Schauspiel ganz genau. Hoch, runter, rein, raus, ging das ganze 4 Minuten, dann explodierte ich. Mein Orgasmus war heftig und erfüllte mich mit den schönsten Glücksgefühlen, die ich bis damals je erlebt hatte.

Leider war dies der erste und auch letzte Geschlechtsverkehr, den wir damals miteinander hatten, denn noch am selben Abend erhielt meine Mutter einen fürchterlichen Anruf von Ralizas Vater, der von unserer Affäre Wind bekommen. Raliza wurde nach Hause beordert und uns jeglicher Umgang miteinander untersagt. Ralizas Vater tobte wie ein Berserker und drohte, persönlich vorbeizukommen, würde Raliza jemals noch mal unser Haus betreten. Das war's. Uns blieb nur noch die Schule, sonst stand Raliza unter ständiger Beobachtung.

Wir waren traurig und verzweifelt, denn unsere Liebe stand unter keinem guten Stern mehr. Nach einigen Wochen des Leidens entschlossen wir uns, getrennte Wege zu gehen. Raliza knutschte schon bald mit Fabian herum, ich mit Tanja.

15 Jahre später. Es war ein Arbeitstag wie jeder andere, bis es an der Tür klopfte. „Herein!", rief ich und tippte hochkonzentriert den Satz zu Ende, bevor ich aufblickte und in ein Gesicht sah, das ich kannte. Das konnte doch unmöglich … nein, das gibt es nicht … oder doch?

„Das gibt´s doch nicht!", schoss es aus der feschen Dame heraus. „Du?" „Raliza?" „Ja!", juchzte sie und sprang mir in die Arme. Das gab es wirklich nicht: Sie war es tatsächlich! Gut, ich hatte mich über die Jahre kaum verändert, und auch sie sah genauso aus wie damals, nur reifer und weiblicher. Aus dem hübschen Mädchen war eine bildhübsche Frau geworden.

Raliza war ebenfalls im TV-Geschäft tätig und arbeitete für eine kleinere Produktionsfirma in Freiburg, mit der wir einen Deal eingefädelt hatten. Begeistert über dieses ungeplante, aber freudige Wiedersehen unterhielten wir uns erst einmal über uns. „Und, wie geht es Dir?", fragte ich sie. „Wie ging es damals bei Dir weiter?" „Ach, da ist so viel passiert", stöhnte Raliza und legte ihren Mantel ab. Ich habe mit 19 geheiratet, mit 20 eine Tochter bekommen und mich mit 21 scheiden lassen, habe Journalismus studiert und war 2 Jahre in Kanada, wo ich als Model arbeitete. Nun bin ich seit 2 Jahren in der Firma in Freiburg, dort wohne ich auch, ist eine schöne Stadt, die wärmste Deutschlands."

Mir wurde auch warm. Sie sah nämlich bezaubernd aus und verstand es gut, mit mir zu flirten. „Und Deine Tochter ist bei Dir?" „Nein, bei ihrem Vater, der ist ein Taugenichts und hat genügend Zeit, sich um die Kleine zu kümmern. Ich sehe sie alle 4 Wochen." Naja. „Und Du?" „Ich bin seit ewigen Zeiten hier und habe mich zum Vize-Boss hochgearbeitet, bin verantwortlich für sämtliche TV-Shows, TV-Projekte und andere wichtige Arbeiten", protzte ich.

Wir verstanden uns auf Anhieb so gut wie früher. Raliza hatte sich auch von ihrer Art her kaum verändert, sie war so süß und niedlich wie eh und je. „Ich freue mich auf eine tolle Zusammenarbeit!" „Ich auch!", strahlte Raliza. Am nächsten Tag traf ich sie im Büro wieder. Mein Gott, war sie sexy! In hautenger Jeans und Brüste optimiertem Top begrüßte sie mich mit einer herzlichen Umarmung und einem feuchten Wangenbussi.

Beim Mittagessen ging sie in die Flirtoffensive: „Kannst Du Dich noch erinnern, als wir beide so verliebt ineinander waren und so glücklich zusammen? Das war eine geile Zeit." „Ich war damals so aufgeregt, Du warst meine erste Frau, es war wirklich unglaublich schön mit Dir, die ersten sexuellen Erfahrungen, der erste richtige Sex ...", schwelgte ich in Erinnerungen.

Raliza rückte näher an mich heran. „Hättest Du nicht Lust, es noch einmal mit mir zu machen?", fragte sie mich gierig und voller Leidenschaft. „Du ... äh ... ich ...", stotterte ich. „Heute Abend nach der Arbeit?" „Okay." Die Sache war gebongt. Ich freute mich schon wie ein kleines Kind auf Raliza uncensored und den Comeback-Fick nach all den Jahren mit der ersten Frau, die ich je hatte. Geil!

Endlich geschafft! Punkt 16 Uhr, das von mir bewusst verfrüht bestimmte Arbeitsende. Aufgeregt wie ein Schuljunge packte ich meine 7 Sachen und wir fuhren zum Hilton, Ralizas Bleibe für die Tage. Angekommen im Zimmer, überkam es uns beide und wir legten los wie die sizilianische Feuerwehr. Ralizas Küsse schmeckten so frisch wie damals, ihr Mund war so süß, ihre Lippen zart und feucht. Ich küsste fleißig mit und brachte auch die Zunge ins Spiel. Dieses Spiel gefiel Raliza, die ihrerseits unter Beweis stellte, dass sie eine wahre Zungenakrobatin geworden ist.

Die Küsse wurden intensiver, die Hände starteten mit der Entkleidungsarbeit. Wir zogen uns gegenseitig aus. Was ich sah, gefiel mir ungemein: Ralizas Körper war wunderschön, ihre Brüste genauso niedlich und geil wie damals, nur größer, ihre Rundungen genauso zart wie damals, nur weiblicher, ihre Pussy blitzeblank rasiert.

Noch bevor ich meine Gedanken sortieren konnte, kniete sie schon vor mir und hatte mein Glied im Mund. Sie blies verdammt gut und lutschte meinen Schwanz gnadenlos und zielstrebig ins Paradies. Schon nach 3 Minuten spürte ich meine Eier jucken und spritzte ihr meinen Saft in den Hals. Professionell schluckte sie alles und strahlte mich an. „Damals hast Du nicht geschluckt und ich durfte auch nicht in Deinen Mund kommen", stellte ich mit einem Augenzwinkern fest. „Tja, damals war ich auch erst 14", grinste sie.

„Hat es Dir gefallen?" „Und wie!", lächelte ich. „Du kannst verdammt gut blasen!" Nun wollte ich mich revanchieren und ihre Pussy verwöhnen. „Lege Dich hin und schließe Deine Augen", kommandierte ich sie aufs Bett. Gespannt krabbelte Raliza in Position und spreizte ihre Beine: „Darauf freue ich mich schon höllisch", grinste sie verdorben und schloss ihre Augen.

Ich begann, ihren wunderschönen Venushügel zu küssen und konzentrierte mich dann auf ihre Klitoris, die genauso gut schmeckte wie eh und je. Vorsichtig knabberte ich an ihr herum und kümmerte mich auch um die Schamlippen, die vor Erregung zitterten. Dann gab ich Gas: Mit meiner Lecktechnik brachte ich Raliza in wenigen Minuten zum Orgasmus.

Als sie kam, drehte sie wahrlich durch, ihr Becken explodierte und ihre Schreie waren lauter als die von King Kong. „Wahnsinn! Du kannst aber geil lecken! Noch nie hat mich ein Mann so geil oral befriedigt!" Sie strahlte und zog mich zu sich in den Arm. „Damals war schon geil, aber jetzt erst!" Ich hatte natürlich Lust auf mehr und begann, sie wieder zärtlich zu streicheln. Raliza stöhnte leise, ihre Brustwarzen waren steif und ihre Hände unterwegs in Richtung Schublade. Sekunden später hielt sie mir ein Präservativ vor die Nase. „Lust?" „Und wie!", grinste ich und ließ sie kurz steif blasen. Kondom drüber, fertig. Und nun rein damit!

Raliza wollte mich unbedingt reiten und sie tat dies im wahrsten Sinne des Wortes. Ihre Muschi war eng und warm und verschlang meine Salami komplett. Es fühlte sich so schön an wie damals. Ich hatte meine Augen geschlossen und sah die 14-jährige Rali auf mir reiten. Geil! Dann öffnete ich meine Augen und sah die Rali im Hier und Jetzt auf mir reiten. Dieser Anblick war zu viel für mich: Ich kam!

Mein Becken bebte und warf sie fast ab. Raliza hatte die Situation aber schnell im Griff und ritt beherzt weiter, bis sie wenige Sekunden später ebenfalls ihren Höhepunkt erlebte. Erschöpft stieg sie von mir ab und entsorgte das Kondom im Müll. Sexy stolzierte sie auf mich zu und kam in meinen Arm gekrochen. „Der Sex mit Dir ist unglaublich schön", strahlte sie mich an und küsste mich, „es ist so vertraut, so nah mit Dir.

Es ist so wie damals, als ob kein Tag vergangen wäre." Dem konnte ich nur zustimmen. Unser nächstes Treffen sah als

Highlight eine wunderschöne, zärtliche Massage, die wir uns gegenseitig gaben. Nach wildem Sex mit beidseitigem Höhepunkt streichelte und liebkoste ich ihren ganzen Körper mit duftender Creme und widmete mich schließlich ihrer Klitoris. Die rubbelte ich so lange, bis sie mir ihren Orgasmus ankündigte. Schnell noch ein bisschen gezüngelt, dann kam sie auch schon.

„Ah! Ah!", schrie sie und zuckte wie vom Blitz getroffen. „Ah! Ah!" Dann entkrampfte sie und schnaufte nur noch laut. „So, und jetzt verwöhne ich Dich", lächelte sie und begann, mich mit viel Creme und ihren zarten Händen zu massieren. Es war göttlich. Raliza streichelte zuerst meinen Rücken und knetete mir sämtliche Verspannungen weg, dann kümmerte sie sich um meine Beine und massierte meine Waden. Das tat gut. Nun war mein Po an der Reihe. „Dein Allerwertester ist noch genauso knackig wie damals", lobte sie meine 4 Buchstaben. Zärtlich beschäftigte sie sich nicht nur mit beiden Backen, sondern auch mit der Ritze und dem, was darunter lag. Ich spürte ihre Hände an meinen Eiern, sie kraulte diese und machte mich so verdammt heiß. „Umdrehen bitte!"

Jetzt widmete sich Raliza meinem Oberkörper, meiner wohl geformten Brust, die sie sanft streichelte, dann glitt sie tiefer über meinen Bauch bis zur Peniswurzel. Mein Dong stand schon längst senkrecht wie der Eifelturm und wartete auf mehr. Raliza nahm noch einmal einen kräftigen Schuss Creme aus der Dose und begann, meinen Penis einzureiben. Ihre flutschigen Finger fühlten sich einfach genial an. Mit unfassbarer Zärtlichkeit und Leidenschaft masturbierte sie mir einen ab.

Ich beobachtete sie dabei: Ihr Blick war abwechselnd auf meinen Penis und auf mein Gesicht gerichtet, ihre Brüste wippten leicht mit ihren Bewegungen, ihre blanke Pussy war so schön. Ihre rechte Hand wichste schnell und mit etwas weniger Druck um den Schaft, ihre linke Hand eher langsam, aber mit viel Druck. Beides fühlte sich absolut geil an.

Plötzlich erhöhte sie Tempo sowie Intensität. Ich musste kommen. Raliza hatte damit gerechnet und ihr Gesicht direkt über meinen Penis platziert.

Augen geschlossen, Mund offen, Zunge an meiner Eichel. So wichste sie mich über den point of no return hinaus zu einem Wahnsinnsorgasmus! Meine Ladungen gingen voll in ihr

Gesicht und in ihren Mund. Sie wichste fleißig weiter, bis ich leer war. Mein Sperma klebte an ihrem Gesicht, sie sah aus wie ein Engel. „Mann, war das geil!", keuchte ich und blieb liegen, während sie kichernd ins Bad marschierte und sich erfrischte.

Bei unserem dritten Date erwartete mich eine faustdicke Überraschung: „Sag mal, hast Du schon mal eine Cam mitlaufen lassen?" „Was meinst Du genau?", fragte ich nach. „Na, Sex gefilmt." „Ja", antwortete ich, „habe ich schon gemacht." „Ich auch", grinste Raliza, „und es war geil! Danach kann man sich zusammen das Tape ansehen, und das törnt mich dann ziemlich an. Dann mache ich Sachen, die ich sonst nicht machen würde." „Was zum Beispiel?", fragte ich nach. „Willst Du es nicht herausfinden?", war ihre verlockende Gegenfrage. Klar wollte ich, also erklärte ich mich bereit für dieses schändliche Treiben.

Raliza holte eine hochmoderne Cam aus ihrem Koffer und platzierte sie auf einen Stuhl, der 2 m vom Bett stand. Sie schaltete am Fernseher einen Musikkanal an und blickte mir tief in die Augen. „Los geht´s!", rief sie und drückte den roten Rekordknopf. Ich saß auf dem Bett und ließ mich überrumpeln. Sie zog sich Shirt und Jeans aus und kam im schwarzen Tanga auf mich zugekrochen. Dieser Tanga hatte weniger Stoff als ein 10-geteiltes Taschentuch. Sie sah aus wie ein hungriger Tiger, schüttelte ihre wilde Mähne im Raum und begann, verdammt sexy zur Musik zu tanzen. Ich lag da und hatte einen Steifen. Hoffentlich nimmt die Kamera auch alles gut auf, war mein einziger und wichtigster Gedanke in diesem Moment.

Raliza zog mich bis auf meine blanke Haut aus und begann mich glücklich zu blasen. Ich zog sie her und stieß meine Zunge in ihr Innerstes. Aus diesem seitlichen Knäuel wurde die 69er-Position. Sie oben, ich unten, ihre Aktivität zur Kamera gerichtet. Geil! Ich schleckte in ihr herum, bis sie so feucht wie ein Bach wurde. Sie ruckte wild auf meinem Gesicht umher und stöhnte ihre Lust in meinen Penis hinein.

Ihr Orgasmus war heftig, sie zerdrückte dabei fast mein Gesicht. Als sie fertig war, spürte ich meinen Orgasmus brodeln. Raliza kannte kein Pardon und blies genüsslich Zug für Zug weiter, bis mein Sperma in ihren Rachen schoss. Den Rest wichste sie mit der Hand raus. „Ui!", rief sie und blickte hoch, was nur bedeuten konnte, dass ich wieder einmal meinem Künstlernamen „Hochspritzer" gerecht wurde. „Geil!", juchzte Raliza und beendete die Aufnahme. „Ja, das war es!", juchzte ich mit.

Nach 10-minütigem Kuscheln fragte sie mich voller Inbrunst: „Und, Lust auf Runde 2?" „Was ist Runde 2?" „Ficken! Ficken in allen denkbaren Positionen!" Diese Antwort half mir bei der Entscheidungsfindung sehr. „Ja, starten wir Runde 2", bestätigte ich und betätigte den Rekorder. „Gib her das Ding", bat mich Raliza, ihr die Cam in die Hand zu drücken. Das tat ich. „Wir filmen manuell! Komm, fick mich!", befahl sie mir und öffnete ihre Beine so weit wie möglich. Sie konnte fast den Spagat. Ich nahm Anlauf und rammte ihn ihr tief rein. Sie lag da und filmte meinen Penis, wie er wie eine Maschine immer wieder rein und raus glitt. Dann filmte sie mein Gesicht, dann ihr Gesicht, dann wieder meinen Penis in Action.

Stellungswechsel, Filmerwechsel. Sie gab mir das Teil in die Hand und übernahm in der Reiterstellung das Kommando. Elegant-sexy bewegte sie sich auf und ab, und ich filmte, was das Zeug hielt. Ich zoomte ihre blanke Muschi so nah heran, dass ich sie schon fast in der Linse hatte. Ich filmte ihre Brüste, das ganze Szenario im Weitformat und konzentrierte mich dann wieder auf unsere Becken. Jetzt wollte sie es Doggy Style. Ich tastete ihren Arsch ab und knetete ihre Pobacken kräftig durch, dann spießte ich sie auf. Raliza stöhnte laut und ließ sich ordentlich durchficken. Sie filmte das Spektakel zuerst von der Seite, dann sich selbst durch die Beine. Ich hörte meine Glocken läuten, so heftig nagelte ich sie.

Nun wollten wir noch ein paar weitere Stellungen ausprobieren. Raliza stellte die Kamera auf den Stuhl zurück und wir machten es in der Löffelchenstellung, im Stehen, die Schubkarre und schließlich Rückwärts Reiten. Raliza kam schon in der Schubkarre, ich dann beim Rückwärts Reiten.

Erschöpft und schweißgebadet brachen wir zusammen und ruhten uns ein paar Minuten aus. „Mann, war das geil!", hechelte sie glücklich und blickte mich überaus befriedigt an. Ich konnte nur noch nicken.

Am nächsten Morgen schlug ich ihr vor, die Aufnahme bei mir im Büro anzusehen. „Passt, ich habe die Cam dabei", grinste sie. In der Mittagspause zogen wir uns dezent in meine heiligen 4 Wände zurück, ich schloss ab und wir stöpselten die Cam in meinen Laptop ein. „Ich muss die Aufnahme erst einmal auf Festplatte ziehen, dann können wir sie anschauen", erklärte ich ihr.

Die Überspielzeit nutzten wir mit einem Blowjob auf dem Chefsessel. Raliza kniete sich vor mich hin und saugte durch meinen geöffneten Hosenstall meinen Penis steif. Nach 5 Minuten konnte ich nicht anders als kommen, sie schluckte alles. Ich kam stark und musste mich mit dem Stöhnen sehr zurückhalten, schließlich waren wir auf Arbeit.

Eine halbe Stunde hatten wir noch, diese nutzten wir mit der Betrachtung unseres Videos. Wir mussten lautlos schauen, sonst hätten wir uns verraten, aber das, was wir da sahen, machte uns so rattenscharf, dass wir es nebenher trieben. Die Mitschnitte waren einfach genial: zuerst ihr sexy Tanz, dann die 69er-Position. Es sah so geil aus, wie sie auf mir lag und mir einen blies, wie sie sich schüttelte, als sie kam, und dann mein Orgasmus, wie mein Sperma hoch hinaus schoss und sie hinterher blickte und weiter wichste. Das war der erste Teil. Raliza saß derweil auf meinem Schoß und ritt mich sanft.

Dann der zweite Teil: Raliza und ich ficken in allen denkbaren Positionen. Sie sah so verdammt sexy aus auf dem Video, und ich so verdammt cool. Am besten gefiel mir der manuell gefilmte Teil, als ich sie beim Reiten filmte und sie uns durch ihre Beine hindurch in der Doggy Stellung. Ich wurde immer geiler und spürte meinen Orgasmus brodeln. Raliza ritt nun schneller und krampfte ihre Hände in meine Oberschenkel. Sie bibberte und biss sich auf die Lippe, also war auch sie am Kommen. Es war geil! Wir arbeiteten den Arbeitstag ganz normal zu Ende und sahen uns am nächsten Vormittag noch mal, dann machte sie sich auf den Weg zurück nach Freiburg.

Katja & Angie

Katja, 27 Jahre alt, Stewardess. Eine bildhübsche Frau. Lange, braune Haare, Astralkörper und Rehaugen beschreiben sie am besten. Ich lernte Katja auf einem Freitagnachmittag-Flug nach Hamburg kennen. Katja fiel mir schon beim Einstieg auf. Sie lächelte mich an und begrüßte mich mit einem süßen „Hallo, schönen guten Tag". Später servierte sie mir meine Cola. Ich verwickelte sie in einen kurzen Smalltalk und flirtete mit ihr. Zu meiner Freude erzählte sie mir, dass sie bis Sonntag in Hamburg bleibe und dann weiter nach Zürich fliege. Ich verabschiedete mich mit einem Grinsen und ihrer Handynummer in meiner Tasche, die sie mir bereitwillig gab.

Am Abend rief ich sie an und fragte sie, ob sie Lust habe, mit mir etwas trinken zu gehen. Sie sagte „Ja, gerne". Sie kam in einem sommerlich bunten Kleid und sah noch besser aus als Cindy Crawford. Ich fragte sie: „Sag mal, man sagt, Stewardessen seien ziemlich wilde Frauen und haben Sex mit den Piloten. Stimmt das?"

Sie lachte laut: „Wer sagt denn so was?" „Naja, das hört man halt", grinste ich. „Es gibt schon einige Kolleginnen, die das machen, aber ich gehöre nicht dazu", lächelte Katja. „Klar, Du bist die heilige Jungfrau von Orleans", konterte ich mit einem Augenzwinkern.

Katja hatte Interesse an mir, das merkte ich. Ihre Blicke sprachen eine deutliche Sprache. Sie wollte mich genauso wie ich sie. Je länger der Abend wurde, desto interessanter wurde er. „In welchem Hotel bist Du?", fragte sie mich schließlich. „Im Pyramidus." „Komm." Hand in Hand verließen wir die Bar.

Katja konnte küssen wie eine Göttin. So zärtlich und leidenschaftlich hatten mich bisher nur wenige Frauen geküsst. Sie stieg aus ihrem Kleid und präsentierte mir ihren Luxuskörper. „Wahnsinn!", geiferte ich. „Fitnessstudio, Wellness, Yoga, Joggen, gute Ernährung, Squash, das hält fit", erklärte sie. Während sie sich an meiner Jeans zu schaffen machte, knetete ich ihre mittelgroßen, formschönen Brüste hin und her. Das gefiel ihr.

Als meine Hose unten war, legte sie sich breitbeinig aufs Bett und wollte gefickt werden. Ich drang in sie ein, doch spürte leider sehr wenig Widerstand und Reibung. Sie war offen wie ein Loch! Diese Frau musste Hammerknüppel gewohnt sein, so eine hatte ich noch nie. Mann, war die ausgeleiert, und das mit 27! Trotzdem fickte ich beherzt weiter und genoss den Anblick ihres Traumkörpers. Ihre Brüste wippten zu meinen Stößen und ihre Muschi strahlte glänzend. Frisch rasiert und poliert war sie, niedlich, nur leider 1 Nummer zu groß.

Katja stöhnte laut und regelmäßig und rubbelte mit ihrer rechten Hand an ihrer Klitoris herum, bis sie laut schreiend zum Orgasmus kam. Sie hatte sehr starke Kontraktionen, ihre Pussy verengte sich ruckartig und so kam ich kurz darauf auch zu meinem Höhepunkt.

„Zufrieden?", fragte sie mich. „Ja, es war schön, nur Du bist ziemlich weit da unten, wenn ich das sagen darf." „Ich stehe auf schwarze Männer mit Monster Dongs. Mein Ex war Kenianer und hatte ein Megateil. Ich mag dicke, lange Schwänze, aber Deiner ist auch ganz nett."

Was für ein tolles Kompliment, was für eine blöde Kuh. „Sorry", meinte ich trocken, „bisher war noch jede Frau mit ihm zufrieden." „Bin ich doch auch, aber er könnte ruhig ein paar Zentimeter länger und dicker sein." Sie will es nicht kapieren, also lieber Klappe halten. „Schon gut", murrte ich und stieg unter die Dusche. Katja folgte mir und gab ihr Bestes, um ihre unschöne, unverblümte Ehrlichkeit vergessen zu machen.

„Komm, ich massiere Dich", schlug sie vor. Das konnte sie ziemlich gut. Ich lag auf dem Bauch und genoss, wie ihre Hände meinen Rücken kneteten, dann meinen Po. Ich drehte mich um und sah, wie sie meine Brust und meine Beine eincremte. Schwupps, waren ihre Hände an meinem Penis. Sie grinste mich an und begann meine Vorhaut hoch und runter zu schieben, zuerst langsam, dann schneller und immer schneller.

Mit beiden Händen führte sie ihren Stroke durch, es war geil. Sie küsste meine Brustwarzen und leckte meine Hoden. So brachte sie mich zum Samenerguss, der sehr intensiv ausfiel. Mächtige Spritzer produzierte ich, hoch hinaus flog das Sperma. „Krass!", staunte sie. „Wahnsinn, wie Du spritzt!"

Der Handjob war echt geil und Grund genug, Katja über Nacht zu behalten. Am nächsten Morgen fickten wir um 7 Uhr früh. Diesmal ließ ich sie auf mir reiten. Ihre weiten Schamlippen sausten immer wieder hinab und massierten meinen Penis kräftiger als in der Missionarsstellung. So machte mir das Ficken Spaß. Sie ritt beherzt und gierig, jedoch rutschte mein Schwanz immer wieder aus ihrer Muschi, da sie zu viel Schwung nahm. Ich habe halt keinen Monster Dong. Meiner ist keine 30 cm. Sorry.

Immer wieder steckte sie ihn rein und lernte nicht dazu. Egal. Hauptsache, ihre Muschi fühlte sich enger an. Ich spürte meinen Orgasmus brodeln und füllte das Kondom mit meinem Saft. Gleichzeitig spürte ich ihre Säfte fließen. Sie schwitzte wie ein Wasserfall. Gott sei Dank duftete sie gut. Ich duschte und fuhr zur Arbeit.

Am Abend sah ich Katja wieder. Der Tag war anstrengend gewesen, ich wollte nicht mehr ausgehen, sondern relaxen und entspannen. „Du, wie gefällt Dir meine Kollegin?", fragte sie mich beim Essen und hielt mir ein Bild vor die Nase. Ich sah eine hübsche Blondine in Stewardessuniform. Wunderschöne Augen, süßer Mund. „Gut, gut", antwortete ich. „Findest Du sie geil?" „Ja." „Pass auf. Ich habe ihr von Dir erzählt. Und wenn Du Lust hast, kommt sie auch vorbei." Meine Augen begannen zu strahlen, meine Fantasie drehte durch. „Wie …?", fragte ich. „Na, Du, ich und sie … wenn Du Lust hast." Ich zögerte keine Sekunde: „Okay, ruf sie an!"

10 Minuten später war sie da: Angie. Angie war noch hübscher als auf dem Foto. Etwa 1,65 m groß, 25 Jahre alt, geile Figur mit Supertitten. Mit einem versauten Lächeln schüttelte sie mir die Hand und kicherte: „Der ist ja wirklich so süß, wie Du ihn mir beschrieben hast."

Ich konnte mein Glück kaum fassen. Ein Dreier erwartete mich, und was für einer. Wir gingen auf mein Zimmer und legten los. Schnell waren wir nackt, wobei sich meine ganze Aufmerksamkeit auf Angie richtete. Ihre Brüste waren Hammer. Möpse wie von Gott persönlich gemeißelt, dazu eine Muschi mit Herzrasur. Geil! Während Katja und ich knutschten, begann Angie, meinen Schwanz zu stimulieren.

Mit ihren Händen, ihrem Mund und ihrer Zunge spielte sie ihn steif. Nun wollten beide Frauen von mir gebumst werden. Zuerst besorgte ich es Katja, dann Angie. Katja fickte ich Doggy Style, während Angie sich selbst verwöhnte. Nach ein paar Minuten wechselte ich das Loch und stieß in eine enge Möse ganz nach meinem Geschmack. Rein, raus, rein, raus, so ging das. Kurz bevor ich die Spitze des Berges erreichte, zog ich ihn aus Angies Fotze und wichste in Angies und Katjas Gesichter.

Es war ein unglaubliches Erlebnis, wieder einmal Sex mit 2 Traumfrauen zu haben. Wir ruhten uns aus und kamen auf Oralsex zu sprechen. Dabei wurden wir so geil, dass wir spontan eine Oralsexsession beschlossen. Zuerst war Katja dran. Angie und ich leckten und verwöhnten sie am ganzen Körper. Katja lag auf dem Bett und genoss.

Angie und Katja wirkten sehr vertraut miteinander, ich bin sicher, die beiden hatten schon öfter Sex miteinander. Ich war wohl nicht der erste Mann, den sie zusammen vernaschten. Angie saugte behutsam, dann etwas wilder an Katjas Klitoris, während ich ihre Brüste liebkoste. Kreischend kam Katja zu ihrem Höhepunkt.

Nun war Angie die Glückliche. Ich wollte sehen, wie Katja sie zum Höhepunkt brachte, also ließ ich ihr den Leckvortritt. Ich begnügte mich mit küssen, Brüste streicheln und Brustwarzen lutschen. Katja zog Angies Schamlippen weit auseinander und steckte ihre Zunge tief in Angies Lustgrotte. Ich staunte und lernte. Katja beherrschte alle Variationen des Leckens, sie war eine Expertin auf diesem Gebiet. Sie musste es schon oft einer Frau gemacht haben.

Als Angie kam, brüllte sie fast mein Trommelfell durch. Ihr Körper schüttelte sich wie von Stromschlägen getroffen, ein paar Glückstränen flossen aus ihren Augen und sie umarmte mich so fest, dass ich kaum noch Luft bekam.

Jetzt war ich an der Reihe. 4 Hände streichelten meinen Körper von oben bis unten, jeder Zentimeter meiner Haut wurde beachtet und berührt. Mein Penis war längst steif, als er in den Mittelpunkt des Geschehens rückte. Ich erhielt einen Blowjob der Superlative. Abwechselnd lutschten die beiden Stewardessen an meinem Schwanz herum, bis er explodierte.

Als ich kam, übernahm Angie die Kontrolle und führte mein Samen ausstoßendes Glied von Mund zu Mund. Beide bekamen die gleiche Menge Sperma ab, wobei Katja es wieder ausspuckte, während Angie es herunterschluckte und noch meinen Penis sauberleckte. Es war geil, geiler als geil! Ich atmete tief durch und fühlte mich wie Casanova. Rechts im Arm eine bildhübsche Frau, links im Arm eine bildhübsche Frau, besser konnte es gar nicht sein.

Nach einer kurzen Pause wollte ich Katja lecken. Ich drückte ihre weiten Schamlippen auseinander und steckte meine Zunge in ihren ausgeleierten Kanal. Es fühlte sich komisch, aber interessant an. „Noch etwas weiter hinein … ja, so", lenkte sie mich. Angie schaute zu und spielte mit ihren Möpsen. „Und jetzt, lasse Deine Zunge kreisen … Ah, Oh! Mehr Druck, mehr, noch mehr … ja, genau so!", stöhnte sie. Das war ganz schön anstrengend, so viel Druck mit der Zunge auszuüben. Ich presste und kreiste weiter. „Ja, das ist es, das ist es, Wahnsinn!", jubelte sie. „Weiter so!" Nun war ich in meinem Element.

2 Minuten später kam Katja johlend zu ihrem Orgasmus. Ihr Becken zuckte, ihr Bauch vibrierte und ihr Gesicht verwandelte sich von Anspannung hin zu Entspannung. Sie öffnete ihre Augen, umarmte mich und meinte: „Das war der absolute Hammer! Das hast Du super gemacht." Ich freute mich wie James Bond.

„Ich will auch!", fuchtelte Angie nervös mit ihren Armen und zog mich ungeduldig zu sich herüber. Angie schmeckte sehr gut unten, sie war richtig lecker. Ich schob meine Zunge in ihren Spalt und spielte dasselbe Spiel wie zuvor mit Katja: kreisen, drücken, lecken. „Irre geil!", stöhnte sie. „Das ist der Wahnsinn! Ah, Oh!"

Als sie kam, brach fast das Bett zusammen. Sie schrie so laut, dass es vom Nebenzimmer her klopfte und jemand „Ruhe!" brüllte. Das war mir so was von egal. Ich leckte weiter, bis sie mich in ihren Arm zog. So heftige Frauenorgasmen hatte ich noch nie erlebt. Ich war glücklich und stolz auf mich, so ein toller Hecht zu sein und schlief Arm in Arm in Arm mit den beiden Grazien ein.

2 Monate später. Mitten in einer TV-Produktion kleingelte mein Handy. Katja! „Hallo Süßer, wie geht's?" „Gut. Das

ist aber schön, Deine Stimme zu hören. Wo steckst Du?" „In wenigen Minuten im Flieger nach München", säuselte sie. „Ich bleibe über Nacht." „Geil!", freute ich mich. „Ach übrigens, die Angie ist auch mit dabei." „Noch geiler!", grinste ich in voller Vorfreude auf ihre nächste Frage: „Hast Du Lust, uns zu sehen?" „Klar, ich muss nur schauen, wie."

Da ich am Abend bei Freunden eingeladen war und das nicht absagen konnte, verabredeten wir uns für den kommenden Vormittag. „Ich komme um 8 Uhr zu Euch ins Hotel, okay?" „Ja, passt", meinte Katja. „Wir haben das Zimmer bis 12 Uhr." Perfekt.

Am nächsten Morgen klopfte ich pünktlich an die Zimmertür von Katja und Angie. Sekunden später öffneten mir beide und empfingen mich mit den Worten „Baby, schön dass Du da bist". Katja hatte sich kaum verändert, aber Angie erkannte ich auf den ersten Blick nicht wieder. Sie hatte kurze, schwarze Haare und wirkte wie eine andere Frau. Sie sah geil aus, aber ungewohnt.

Bevor ich mein Sakko ausziehen konnte, waren die Mädels schon an mir dran. Die beiden hatten ohnehin nicht viel an, einen Bademantel, darunter nichts. Ihre Körper waren genauso schön wie damals. Ich freute mich tierisch auf die kommenden Stunden voller Leidenschaft und Sex. Schnell war ich nackt und gesellte mich zu den beiden Diven aufs Bett. Katja und Angie begannen mit einer Lesbennummer vom Alleredelsten. Zärtlich streichelten sie sich gegenseitig, dann bezogen sie mich ins Liebesspiel mit ein. Blanke Muschi (Katja) und Herzrasur Muschi (Angie) wollten gefickt werden. Gerne.

Zuerst Blanke Muschi. Katja war wieder furchtbar weit, als ich sie von hinten nahm und mit meinen Stößen verwöhnte. Es war so, als würde ich Luft ficken. Kein Grip, keine Anpassung, keine Form, nur eine lange, breite, weite Röhre, an die ich mich erst einmal wieder gewöhnen musste. Nach ein paar Minuten war Herzrasur Muschi dran. Auch von hinten nahm ich sie. Ah, es fühlte sich gleich um einiges besser an. Eng, warm, feucht, gierig und Orgasmus förderlich.

Mit flinken und tiefen Stößen bumste ich Angie, bis ich mein Sperma kommen spürte. Katja zog ihn schnell heraus und wichste meine Ladung auf Angies Arsch. Das war geil!

Smalltalk. „Wir haben etwas Besonderes mit Dir vor", flüsterte Angie und kramte in ihrem Koffer. „Handschellen, tada!", präsentierte sie. Noch ehe ich reagieren konnte, war ich an das Bett gekettet. 4 Handschellen reichten aus, um mich bewegungsunfähig zu machen. Meine Arme waren an die beiden oberen Bettenden gebunden, meine Beine an die unteren.

Ich lag offen, arm- und breitbeinig da und sah zu, wie die beiden jeden Zentimeter meines Körpers liebkosten. Katja küsste mich und streichelte meinen Oberkörper, Angie fuhr die Innenseiten meiner Oberschenkel auf und ab. Schließlich trafen sich beide an meinem Penis. Steif war er, aber er wurde noch steifer, als sich Katja und Angie intensiv um ihn kümmerten.

Abwechselnd wichsten und bliesen sie ihn von Mund zu Mund und von Hand zu Hand, es war unglaublich, zumal ich mich nicht bewegen konnte. Einzig mein Becken hatte Freiheit. Katja hockte sich auf meine Brust und wollte von mir geleckt werden. Bereitwillig stieß ich der Sexpertin meine Zunge unten rein und leckte Vollgas. Während ich sie mit ihrer Technik verwöhnte, machte Angie ernst. Immer schneller masturbierte sie mich, bis ich laut keuchend zum Höhepunkt kam. Ich spürte die Zuckungen im ganzen Körper. Jetzt kam auch Katja. Hurra!

Als Katja sich neben mich legte, sah ich Angies Gesicht: voll von meinem Sperma. Sie lächelte mich an: „Es nahm kein Ende, immer wieder kam eine Ladung heraus." Sie sah so süß aus. Ich war glücklich. Wieder einmal der Hahn im Korb, Wahnsinn! Ein gemeinsames Bad beendete diesen wunderschönen Vormittag.

Anja

Oh mein Gott – Anja! Anja war mit das Heißeste, was mir je unter die Bettdecke gekrochen kam. Ich lernte sie auf einer Fachfortbildung in Augsburg kennen und verguckte mich schon im allerersten Moment in sie. Sie war jung, hübsch, geil – genau mein Geschmack! Als angehende TV-Moderatorin mit hervorragender Grundausbildung bei namhaften Kollegen und einer perfekten Rhetorik voller Witz, Charme und Esprit wusste sie, Aufmerksamkeit auf sich zu ziehen.

Anja war 26 Jahre alt, blond und 1,75 lang. Dazu sehr schlank, aber mit guter Oberweite. Wir kamen nett ins Gespräch und ich spürte von der ersten Sekunde, dass ich ihr gefiel. Ich war kein Fremder für sie, sie kannte meinen Namen und wusste über mich und meine Arbeit Bescheid. Mit Verlaub: Mittlerweile bin ich eine bedeutende Nummer in diesem Business und verfüge über einen exzellenten Ruf deutschlandweit. Es war eine Wochenendveranstaltung: Freitagabend, Samstag und Sonntag. Nach dem müden Einführungsgelaber folgte ein hochinteressanter Vortrag über „Moderation im Wandel der Zeit", danach stand das Buffet an.

Anja suchte mich ganz gezielt auf und lud mich ein, zu ihr an den Tisch zu kommen. Rein zufällig war der Platz neben ihr noch frei. Den hatte sie wohl für mich reserviert. Ein kluges Mädel. Im kurzen Rock machte sie mir schöne Beine und lächelte mich verführerisch an. Dass sie alle paar Momente mit mir fußelte, störte mich überhaupt nicht. Nach dem leckeren Gaumenschmaus wurde die Tanzfläche eröffnet und ich nutzte die Gelegenheit, Anja näher zu kommen. Walzer war angesagt. Das kann ich. Anja ließ sich bereitwillig führen und genoss die sanfte und doch bewusste Annäherung.

„Komm, lass uns gehen", meinte sie um 23:30 Uhr, „ich möchte Dir etwas zeigen." Ich war gespannt. War es ihre Briefmarkensammlung? Ihr perfekter Körper? Ihr Zimmer? Waren es die Sterne am Himmel oder irgendwelche Fanbriefe? Ich rätselte und ließ mich treiben. In ihrem Zimmer angekommen, schloss sie erst einmal ab und kam dann auf mich zustolziert.

„Und, was möchtest Du mir zeigen?", stotterte ich sie aufgeregt an. „Alles, was Du sehen möchtest", hauchte sie mir zu, ergriff meine Hände und drückte sie gegen ihre Titten. Ich griff beherzt zu und spürte mehr Silikon als erwartet. Ihre Airbags fühlten sich aber trotzdem geil an, besser als alle anderen Silikontitten, die ich bisher in der Hand hielt. Gut gemacht, Dr. Skalpell!

Anja zog ihr Oberteil und ihren Rock aus und präsentierte mir ihre Unterwäsche. Ich achtete aber mehr auf ihren Körper, der einfach wunderschön war: jung, unverbraucht, glatt und nach Rose duftend. Ihre Hände knöpften meine Jeans auf, streiften mir Sakko und Hemd ab und begannen meine Brust zu kraulen. Ich ließ mich rücklings aufs Bett fallen und zog Anja mit lautem Gekicher ihrerseits mit. Da lagen wir nun, sie auf mir, wir beide halbnackt und geil aufeinander. Es folgte, was folgen musste: heißer, wilder Sex!

Allein der Anblick von Anjas Körper versetzte mich in volle Ekstase. Gekonnt begann sie, meinen Dong zu kneten und lutschte ihn wie eine Banane, auf und ab. Ich hatte in der Zwischenzeit ihr Höschen in der Hand und starrte besessen auf ihre Pussy. Die war so schön! Haarlos, erstklassig gepflegt und auf der Suche nach einem passenden Teil. Das hatte sie gefunden! Ich war nun schon so erregt, dass ich sie stoppen musste, weiterzublasen, sonst wäre ich ihr in den Mund gekommen. „Lass uns ficken", stöhnte ich und fragte sie nach einem Kondom. Sie legte mir ein Hellgrünes drüber.

„Ich mag es gerne im Stehen", offenbarte mir Anja und streckte mir ihren süßen Po entgegen. Ich schob meinen Dong in ihre Muschi und begann zu stoßen. Sie war gebückt und drückte sich von der Wand ab, während meine Stöße immer härter und schneller wurden. „Weiter!", keuchte sie, was für mich die klare Aufforderung war, so in ihr zu kommen.

Ich reagierte mich gut ab in ihr und drückte sie immer enger an die Wand. Sie musste schon ordentlich gegenhalten, um mit meinen Stößen umgehen zu können. Gleichzeitig rubbelte sie sich ihre Clit, bis sie kam. „Jetzt Du", forderte sie meinen Orgasmus ein. Der kam dann auch wenige Sekunden später und befreite mich unglaublich. Ich war fertig und brauchte erst einmal eine Dusche.

Anja leistete mir Gesellschaft und putzte meinen Dong sauber. Dass ich dabei wieder erregt wurde, war eine schöne Nebensache dieser Körperreinigungsmaßnahme. Zurück aufs Bett. „Jetzt hast Du einen Wunsch frei. Wie willst Du es haben?", fragte mich Anja mit hochgezogener linker Augenbraue und Zwinkern im anderen Auge. „Blase mir einen!", war meine eindeutige Entscheidung.

Gesagt, geblasen. Anja blies mit viel Leidenschaft und extrem gut. Es dauerte nicht lange, bis ich ihr mein Ende ankündigte. Ich durfte in ihren Mund kommen, wobei sie das Sperma aber nicht schluckte, sondern aus dem Mund herauslaufen ließ. Ein Bild für Götter! „Mann, war das gut", lobte ich ihr Talent und küsste sie auf den Mund.

Wir kuschelten und redeten. Anja wollte mir unbedingt ein paar ihrer Moderationen zeigen und erzählte mir unwichtige Details dazu, während ich am Laptop die hübsche, aber auch kompetente Selbstdarstellerin bewunderte. „Schau mal, diese Fotos habe ich vor 2 Jahren machen lassen", deutete Anja plötzlich auf einen verschlüsselten Ordner, der meine Neugierde erweckte. Und tatsächlich, es waren Aktfotos, Nacktfotos. Geile Fotos!

„Die sind im Playboy erschienen", säuselte Anja voller Stolz und ließ mich an ihrer Schönheit teilhaben. Die Fotos waren der Hammer! Anja zeigte alles, aber nicht obszön, sondern künstlerisch schön. Damals hatte sie einen Schamhaar-Irokesenschnitt, der ihr auch verdammt heiß stand. Mein Penis war längst steif und bettelte zuckend um Aufmerksamkeit. Da Anja dies nicht sofort bemerkte, handelte ich und schob ihre Hand zwischen meine Beine. Sie wusste genau, was zu tun ist: streicheln und wichsen!

Während ich immer wieder durch die Fotos klickte, masturbierte Anja immer fester und zündete meine Rakete, bis diese abschoss. Laut keuchend zuckte ich zusammen und ließ die Glücksgefühle wirken. Als Belohnung leckte ich ihre Pussy zu einem ebenso wahnsinnigen Orgasmus, wie sie mir im Anschluss bestätigte. Dann schliefen wir glücklich ein. Der nächste Tag begann nicht mit Frühstück, sondern mit einem Fick. Ich wachte seltsam auf und sah eine Frau auf mir.

Es war Anja, die bereits mittendrin war, mich zu reiten. Ich war schnell hellwach und konzentrierte mich auf den Sex. Anja sah zauberhaft aus, ihre langen, blonden Haare wehten durch den Raum, ihre Brüste wippten fröhlich auf und ab, ihr Bauch war so glatt und rein, das Fenster weit geöffnet und ließ frischen Wind hinein, den ich dringend brauchen konnte. Anja ritt heftig auf mir herum, bis ihre Muschi sich zusammenkrampfte und unkontrolliert pulsierte. Aha, ihr Orgasmus!

Nun wollte auch ich kommen, aber in der Missionarsstellung. Nach 2 Minuten Stoßen war es soweit: Mein Penis füllte das Kondom mit Sperma, während sie sich fest an mich klammerte und mitstöhnte.

Leider konnten wir nicht mehr lange kuscheln, da die Zeit drängte. Kurzes Frühstück, langer Tag. Den verkürzten wir, indem wir die Mittagspause für einen Quickie auf dem Sofa nutzten. Der Nachmittag war zwar überaus interessant, jedoch streckte er sich ins Ungemütliche. Ich sehnte mich nach dem Abend und der Zweisamkeit mit Anja.

Endlich, 18 Uhr! Lust auf das große Dinner hatten wir nicht, wir wollten für uns sein. Obwohl der Hunger drängte, konnten wir die Hände nicht voneinander lassen und fickten erneut auf dem Sofa, diesmal Doggy Style. Danach gingen wir zum Italiener. Das Essen war gut, doch auf Nachtisch hatten wir keine Lust mehr, stattdessen wollten wir Sex bis in die frühen Morgenstunden. Im Hotel zeigte Anja mir, was ein heißer Striptease ist. Zu drittklassiger MTV-Musik strippte sie erstklassig. Das ist schon eine Kunst! Ich ergriff die Gunst der Stunde und zückte meine Digitalkamera. Ohne zu fragen hielt ich voll drauf und filmte sie bei ihrem erotischen Tanz. Als sie endlich nackt war, kam sie voller Geilheit auf mich zugekrochen und drückte mich flach aufs Bett. Mein Penis stand schon wie eine Eins und bettelte um Zuwendung. Die bekam er!

Voller Hingabe und Leidenschaft lutschte Anja jeden Millimeter meines Knüppels auf und ab, von links nach rechts, von oben bis unten, von kreuz nach quer. Und ich filmte! Immer wieder masturbierte sie mit einem Daumen-Zeigefinger-Kreis meinen Schwanz mit, dann legte sie die Hand wieder auf die Peniswurzel und ließ die Lippen machen.

Nach 8 Minuten konnte ich mich nicht mehr beherrschen: Anja blickte tief in die Kamera, während sie die entscheidenden Züge machte, und bot mir ihr Pretty Face als Spermazielscheibe an. Ich traf voll! Kandidat 100 Punkte! Und alles auf Band! Geil!

Anja wollte nun geleckt werden und übernahm die Kameraführung. Breitbeinig legte sie sich aufs Laken und wartete darauf, von mir auf die Spitze des Hügels befördert zu werden. Ich tat dies mit festem Zungenschlag und Rührlöffelfingern. Ihr Kitzler schwoll auf Rekordgröße an, ihre Brustwarzen waren hart wie Granit, ihre Lippen so saftig – alle 4! Ich züngelte tiefer hinein und schmeckte ihren Muschisaft.

Plötzlich atmete sie wie eine Langstreckenläuferin nach 30 km Sprint und kam zitternd zu ihrem Höhepunkt, der einem Erdbeben der Richterskala 5 entsprach. Erschöpft, aber glücklich schauten wir uns die Aufnahme an. Zuerst stand mein Dong im Mittelpunkt, dann ihre Muschipussy. „Treibe damit bitte keinen Blödsinn, das könnte mir die Karriere versauen." „Oder anschubsen", grinste ich mit einem Zwinkern in den Augen.

Am nächsten Morgen ritt Anja mich wieder wach und blies es mir mit ihrem Mund zu Ende. Ein Blowjob am Morgen vertreibt Kummer und Sorgen – an diesem Spruch ist echt etwas dran! In der Mittagspause noch einmal Sex, diesmal im Stehen. Wir verabschiedeten uns innig und bedankten uns für das schöne Wochenende. „Jederzeit wieder, wenn wir uns wiedersehen", versprach sie mir. „Ciao, Süßer!"

Jana & Celine & Alicia

Ich gönnte mir ein Luxus Wellness & Spa Hotel am Chiemsee und buchte 1 Relax-Wochenende mit täglich 2 Massageanwendungen. Das Hotel war schick gestaltet und erlaubte Relaxen auf höchstem Niveau. Ich checkte an einem Freitagmittag ein und hatte bereits um 14:30 Uhr meine erste Massage.

Jana hieß die Massagekünstlerin, die meinen Rücken durchknetete. Sie kam aus dem Ossi-Land, war 24 Jahre alt und sehr hübsch. Ihre Arbeitskleidung – weiße Hose und weißes Hemd – stand ihr hervorragend und betonte die wichtigsten Rundungen ihres Körpers. Jana war sehr aufgeschlossen und wir führten netten Smalltalk. Ich erfuhr, dass meine Massage um 17:30 Uhr, eine 1-stündige Ganzkörperölmassage, ebenfalls von ihr durchgeführt wird, was mich sehr erfreute.

„So, Massage fertig, bis später!", grinste Jana und ließ mich noch ein paar Minuten ruhen. Ich besuchte die Sauna und relaxte den Nachmittag auf einer Liege bis 17 Uhr. Dann duschte ich mich frisch für die zweite Massage, die etwas ganz Besonderes werden sollte. Jana nahm mich mit in das hinterste Zimmer der Massagearea und schloss mit einem breiten Grinsen die Tür. „Bitteschön, der Herr", deutete sie auf die Massageliege und machte sich massagebereit.

Ich sollte mich nackt ausziehen, auf den Bauch legen und wurde mit einem Handtuch bekleidet, das meinen Po verdeckte. Zärtlich begann Jana mit der Massage. Das warme Öl fühlte sich wunderbar an, ebenso ihre sanften Hände auf meiner Haut. Ich genoss und entspannte immer tiefer. Jana strich sanft meinen Rücken aus, meine Schultern, meine Beine und wanderte dann von den Unterschenkeln hoch zu den Oberschenkeln, wobei sie sich auf die Innenseiten konzentrierte. Immer näher kamen ihre Hände meinen Hoden, bis sie diese schließlich berührte. Ich zuckte kurz auf und spürte meinen Dong wachsen. War es Zufall oder ein geiles Spiel, das sie mit mir trieb? Und schon wieder spürte ich ihre Finger an meinen Glocken. Automatisch spreizte ich meine Beine mehr, um in weiteren Genuss solcher Berührungen zu kommen.

Immer wieder strich sie mir die Oberschenkel hoch bis an meine Eier, die nun schon deutlich härter waren als vorher. Jana genoss dieses Spiel, zu gerne hätte ich ihr Gesicht dabei gesehen, aber mir blieb lediglich der Anblick ihrer schönen Beine, denn diesmal trug sie eine äußerst kurze Hose. „So, bitte umdrehen."

Ich drehte mich um und blickte in ihr sündiges Lächeln. Nun war mir klar, dass die Hodengriffe kein Zufall waren, und ich war gespannt, was noch passieren würde. Jana massierte meinen oberen Oberkörper, die vordere Schulterpartie und die Arme, dann konzentrierte sie sich auf meinen unteren Oberkörper und kam dem Handtuch verdammt nahe. Mein Penis stand längst wie eine Eins und drückte das Handtuch nach oben weg.

Ich beobachtete jede Bewegung Janas Hände ganz genau, wie sie spielerisch nun immer zärtlicher streichelte und nun schon an meinem Schambein angelangt war. Sie schaute mir tief in die Augen und glitt dann unter das Handtuch. Ich atmete laut auf und spürte ihre professionellen Finger an meinem Ständer. Schnell war das Handtuch weggezogen und Jana in ihrem Element. Ohne Worte verwöhnte sie mich da unten und gab mir einen erstklassigen Handjob.

Zuerst streichelte sie ihn langsam und mit beiden Händen, dann schnell und nur mit einer, während die andere meine Brust kraulte. „Warte, sonst komme ich schon!", stöhnte ich nach 3 Minuten Gewichse, doch Jana kannte keine Gnade und machte nun richtig schnell. Es schoss aus mir heraus wie eine Fontäne, ich stöhnte so leise wie möglich, schließlich waren wir nicht die Einzigen im Massagecenter.

„Merci, die Massage war wunderschön!", bedankte ich mich bei der rothaarigen Schönheit für diese tolle Behandlung und bat sie, meine nächsten Termine zu übernehmen. 2 davon waren ohnehin bei ihr, den dritten konnte sie tauschen, den vierten leider nicht.

Nach dem Abendessen suchte ich Gesellschaft an der Hotelbar und fand diese in Form einer attraktiven, jungen Dame namens Celine. Celine war Bankangestellte und verbrachte hier 1 Woche zur Erholung und Entspannung.

Es war ihr letzter Abend und sie war auf der Suche nach einem gutaussehenden Mann für die Nacht. Die Formalitäten und Nebensächlichkeiten waren schnell geklärt und wir fanden uns eine halbe Stunde später in Celines Zimmer ein.

Die 26-Jährige war schon ziemlich angeheitert und daher zu allem bereit. Dies nutzte ich natürlich aus und filmte das Spektakel mit. Entweder war ihr das egal oder sie bemerkte die Kamera auf dem Nachttisch gar nicht. Ich leckte ihre kahle Muschi ewig, bis sie scheppernd zum Orgasmus kam. Sie hatte unglaublich lange, dicke Schamlippen, es war ein interessantes Erlebnis, diese auf und ab zu lecken. Dann blies sie mir einen, was aber nicht sonderlich gut war, da sie zu besoffen war. Also schob ich ihren Kopf nach hinten, ergriff ihre rechte Hand und legte sie um meinen Penis. Masturbieren ging gut, also ließ ich es mir zu Ende schütteln. Ich kam voll in ihr Gesicht, was ihr aber überhaupt nichts ausmachte. Kräftig wichste sie weiter, bis ich sie stoppte.

Celine plumpste aufs Bett zurück und schlief innerhalb weniger Sekunden erschöpft ein. Mein Sperma klebte noch an ihrem Mund und in ihrem Gesicht. Ein Bild für Götter! Ich hätte dieses wirre Ding gerne noch gefickt, aber ich wollte sie lieber schlafen lassen. Morgen Früh dann! Ich machte es mir neben ihr gemütlich und dämmerte ebenso weg.

Am nächsten Morgen wurde ich unsanft wachgerüttelt. „Hey, wach auf, verschwinde aus meinem Bett, Du Penner!", wurde ich von ihr wüst beschimpft. „Hast Du sie noch alle?", motzte ich zurück. „Mich gestern Abend abschleppen und jetzt nichts mehr davon wissen, so etwas habe ich gerne!" „Sorry", murrte sie zurück, „da muss ich wohl betrunken gewesen sein. Ich weiß nicht, was letzte Nacht passiert ist, aber jetzt hau ab!" „Du bist echt eine Spinnerin!", zeigte ich ihr den Vogel und zog mich an.

„Nur dass Du es weißt: Du warst so schlecht, dass ich keinen Bock mehr hatte, mit Dir zu ficken. Das war jämmerlich, was Du geboten hast. Lerne erst mal anständig zu blasen, sonst laufen Dir die Männer reihenweise weg!" „Hey, ich kann verdammt gut blasen!", schoss sie zurück. „Wenn ich eines kann, dann das!"

„Ach ja? Das war aber erbärmlich gestern Abend, so schlecht hat mir noch nie eine Frau einen geblasen. Du musstest es mir mit der Hand zu Ende machen, sonst wäre ich überhaupt nicht gekommen!" „Gestern Abend war ich völlig weg, ich hatte zu viel Alkohol intus! Ist doch klar, dass man da nicht mehr voll auf der Höhe ist!" „Pah, das sind doch alles nur schlechte Ausreden. Ich bleibe dabei: Du kannst nicht blasen!" „Kann ich doch!", polterte sie zurück. „Ich beweise es Dir!"

„Na, da bin ich aber mal gespannt", lachte ich hämisch und legte mich auf das Bett. „Dann leg mal los, zeige, was Du kannst!" Celine war glücklicherweise dumm genug und ließ sich auf dieses Spiel ein. Wie geil ist das denn! Mutig knöpfte sie meine Jeans auf und zog sie bis zu den Knöcheln herunter. Meine Boxershort folgte. Dann machte sie sich über meinen Dude her. Sie nahm ihn ganz in den Mund und saugte ihn steif. Und in der Tat: Es fühlte sich deutlich besser an als in der Nacht zuvor. Celine war schnell in ihrem Element und blies fleißig weiter. Ihre rechte Hand umfasste meinen Penis bis zur Hälfte, die andere kraulte meine haarfreien Hoden. Nach etwa 6 Minuten kam ich ohne Vorwarnung in ihren Mund.

Celine machte kräftig weiter und führte ihren Job professionell zu Ende. Schließlich richtete sie sich auf, spuckte mir mein Sperma vor die Füße und meinte trocken: „Da siehst Du, wie gut ich blasen kann!" Ich bestätigte dies mit den Worten „Ja, war ganz okay, besser als gestern." „Und jetzt verschwinde!", scheuchte sie mich aus dem Zimmer. Mir egal, ich hatte bekommen, was ich wollte.

Um 11 Uhr stand die dritte Massage bei Jana an. Jana erwartete mich mit strahlenden Augen und führte mich wieder in die letzte Kabine des langen Ganges. „So, heute gibt es eine Kräuterstempelmassage", erklärte sie mir und bereitete einige Päckchen fachgetreu vor. Sie füllte Kräuter, Gewürze und Pflegewirkstoffe in faustgroße Baumwollsäckchen und erhitzte diese. Die Massage war gut, die kurzen thermischen Reize und die folgenden, schnellen Streichbewegungen entlang der Energiebahnen entspannten mich absolut. „Wenn Du möchtest, gibt es jetzt noch die Spezialmassage", lächelte mich Jana an und zeigte zwischen meine Beine.

Blitzschnell war ich in Position und riss mir selbst das Handtuch weg. Mit viel Öl und Geschick masturbierte sie mich, diesmal mit beiden Händen gleichzeitig. „Machst Du es mit dem Mund zu Ende?", fragte ich vorsichtig. Jana schüttelte ihren Kopf und meinte grinsend: „Du bist aber ein Schlimmer! Nicht hier. Später, okay?" Mit diesen Worten brachte sie mich zum spritzigen Höhepunkt und wichste meinen Penis komplett leer.

Als ich mich anzog, hörte ich ihre magischen Worte: „Also, wenn Du heute Abend nichts vorhast, dann haben wir ein Date." „Geritzt!", jubelte ich. „Wenn Du magst, gehen wir raus aus dem Hotel und zu mir." „Gerne", sagte ich und machte mit ihr 19 Uhr aus.

Den Nachmittag relaxte ich bis zur nächsten Massage. Die fand um 17 Uhr und bei Bernadette statt. Hot Stone war angesagt. Bernadette war weniger hübsch, erledigte ihre Arbeit aber professionell gut. Lust auf Flirten hatte ich mit ihr nicht, sie war mir zu schirch. So konzentrierte ich mich auf das Date mit Jana und war gespannt, ob sie genauso gut blasen wie wichsen konnte. Jana wohnte 5 km vom Hotel entfernt und kochte erst einmal leckere Spaghetti für uns. Ihre Wohnung war klein, aber fein. Sie lebte in einer netten 2-Zimmer-Wohung mit Balkon und führte ein glückliches Singledasein.

„Und, haben Dir meine Massagen gefallen?", fragte sie mich, als wir mit einem Gläschen Rotwein auf dem Sofa saßen. „Und wie!", bestätigte ich ihr Talent. „Du kannst verdammt gut massieren … und masturbieren!" Jana lächelte verschämt. „Ich überlege schon den ganzen Nachmittag, ob Du auch genauso gut blasen kannst", heizte ich die Stimmung an. „Das würdest Du gerne wissen, was?", lachte Jana und wies mir den Weg ins Schlafzimmer.

Ich wollte mich schon aufs Bett legen und ausziehen, da kam die Bedingung: „Ich blase Dir einen, wenn Du mich schön massierst." „Wie meinst Du das?" „Na, ich lege mich jetzt hin und Du massierst mich. Und wenn ich zufrieden bin, bekommst Du die Belohnung." „Ein heikler Deal", bemerkte ich, „schließlich bist Du Massageprofi und hast hohe Anforderungen." „So ist halt das Leben", grinste sie, „dann musst Du Dir eben entsprechend Mühe geben." Was hatte ich eine andere Wahl?

Also los! Jana entkleidete sich komplett und legte sich auf den Bauch. Ich zog mich ebenfalls nackt aus und begann mit der Massage. Zuerst ihren Kopf, dann Arme, Schulter, Nacken und Rücken. Jana genoss und stöhnte leise vor sich hin. Ich wanderte über ihren Po hinunter zu ihren Beinen und widmete mich diesen geschlagene 15 Minuten, dann wieder hoch zu ihrem Po, den ich sanft streichelte. „Gut so", flüsterte Jana, „schön!"

Nun sollte sie sich umdrehen. Ich sah zum ersten Mal ihre Brüste und Muschi. Beides war absolut schön. Ich massierte ihre Stirn und Kopfhaut, dann ihre vorderen Schenkel, ihren Bauch mit immer stärkeren Abweichtendenzen nach oben und unten. Als ich ihre Titten küsste, hob Jana fast ab. „Das ist geil! Weiter so! Auch unten! Bitte!", flehte sie mich an. Naja, das arme Mädel kann man ja nicht zappeln lassen, dachte ich, also bereitete ich den Cunnilingus vor. Janas Pussy war schön gestaltet und ziemlich klein im Vergleich zu anderen Frauen.

Ihre Schamhaare hatte sie bis auf einen rötlichen Büschel über der Klitoris komplett wegrasiert. Ich zog ihre Schamlippchen vorsichtig auseinander und steckte meine Zunge in die Lustgrotte.

„Ah! Geil!", keuchte Jana und griff nach meinen Haaren. Immer heftiger leckte ich ihre Muschi, die nach Pfefferminze schmeckte, bis sie laut stöhnend zu ihrem Höhepunkt kam. Ihre Scheide pulsierte wie ein aufgescheuchtes Hamsterherz und sonderte gut duftende Sekrete ab. „Mein Gott, war das ein heftiger Orgasmus!", strahlte sie mich an und schrie ein „Juhu!" in den Raum.

„Und, warst Du zufrieden mit der Massage? Bekomme ich jetzt meine Belohnung?", fragte ich sie mit einem fröhlichen Augenzwinkern. „Und wie Du die bekommst!", versprach sie mir und begab sich in Position. Was dann folgte, war ein perfekter Blowjob. Die 24-Jährige war Expertin auf diesem Gebiet und blies meinen Penis nach allen Regeln der Kunst und mit allen Tricks steinhart. Ihre Lippen fühlten sich so gut, so geil an und lutschten im genau richtigen Tempo meine Tanne auf und ab. Mit einem engen Daumen-Zeigefinger-Kreis unterstützte sie wichsend ihre Lippenbewegungen. „Ich komme, ich komme!", brummte ich und kam.

Die ersten 2 Spritzer sausten in ihren Mund, Jana begann zu husten und masturbierte mit der Hand weiter. Mein Samen landete auf ihren Möpsen und ihren Knien. „Junge, Du hast aber eine Ladung drauf", keuchte sie, „da kommt man ja mit dem Schlucken nicht hinterher." Wir lachten.

„Und, kann ich genauso gut blasen wie masturbieren?" „Ja, kannst Du!", lobte ich ihre Künste und entlockte ihr mit meinem ehrlichen Kompliment ein sündiges Grinsen, das mich auf eine weitere Idee brachte: „Jetzt frage ich mich natürlich, ob Du auch so gut ficken kannst." Da ist er wieder, der Womanizer, das Genie aller Männer, der Künstler am Werk! Jana schaute mir tief in die Augen: „Es gibt nur einen Weg, das herauszufinden." Genau mit dieser Antwort hatte ich gerechnet.

„Gib mir 30 Minuten Rekonvaleszenzzeit, dann bin ich wieder fit", versprach ich und zog sie in meine starken Arme. Mit nettem Smalltalk verkürzten wir uns die ungeduldige Wartezeit auf das absolute Highlight des Abends. Jana war eine Kuschelmaus und genoss die Nähe zu mir sehr. Plötzlich spürte ich ihre Hand an meinem Schwanz: „Und, Großer, bereit? Ich kann es kaum noch erwarten, bin schon furchtbar geil auf Dich!" Tatsächlich wurde mein Penis schon wieder steif. Hurra! Jetzt ficken!

Wir knutschten zuerst vorsichtig, dann wilder, während wir uns gegenseitig warm stimulierten. Als ihre Fotze triefte, stach ich zu. Bewaffnet mit einem Noppenkondom, erfüllte ich sie. In der Missionarsstellung vögelte ich sie heiß, dann war es Zeit, ihre Rodeo-Künste unter die Lupe zu nehmen: „So, dann zeig mal, wie gut Du bist", forderte ich sie auf, mich wahnsinnig zu reiten. Das tat sie dann im wahrsten Sinne des Wortes. Ihre wunderschöne Muschi flitzte hoch und runter und massierte meinen Dong erstklassig. „Mach langsamer, sonst komme ich schon!", flehte ich sie an, ihr Tempo zu reduzieren, was sie auch grinsend tat.

5 Minuten später konnte ich mich nicht mehr beherrschen und knallte zu meinem Orgasmus. Gleichzeitig kam auch Jana. Dabei verengte sich ihre Pussy dermaßen, dass mein Schwanz fast in ihr stecken blieb. Ich konnte alle ihre Zuckungen und Muskelkontraktionen deutlich spüren.

Diese Pussy war der Wahnsinn! Diese Frau auch! „Und, zufrieden?", fragte sie mich grinsend. „Ja, verdammt, es war super!", lächelte ich. „Fazit: Du kannst wunderbar masturbieren, fantastisch blasen und genial ficken! Note 1 mit Stern! Schade, dass ich schon morgen wieder abreisen muss."

„Verlängere doch, wenn das möglich ist." Das war eine Option. „Ich checke die Lage, vielleicht klappt es ja." Mit ihr im Arm schlief ich ein. Nach geilem Morgensex mit Jana telefonierte ich mit der Firma und nahm mir 2 weitere freie Tage. Hurra! Jana freute sich riesig, als ich ihr um 10:30 Uhr bei der Massage die guten News erzählte. Obligatorisch schenkte sie mir aber schon jetzt einen Handjob als Beendigung der Therapie. Dasselbe Spiel um 16 Uhr bei der zweiten Massage.

Ich freute mich schon sehr auf den Abend mit ihr, der um 19 Uhr startete. Wir machten es uns auf ihrem Bett gemütlich und ich revanchierte mich mit einer 1-stündigen Ganzkörpermassage mit leckendem Finale. Nachdem wir je 1 Pizza Salami verdrückt hatten, nahmen wir ein Bad, das mit spritzigem Sex in der Wanne endete. Doggy Style fetzte ich mir einen ab und brachte duns beide zum Orgasmus. Nach einem interessanten Abendfilm dann noch mal romantischen Sex im Bett. Jana durfte wieder auf mir reiten und schenkte mir damit den besten Höhepunkt des Tages.

Am nächsten Tag machte ich in der Sauna die Bekanntschaft von Alicia, einer 32-jährigen Französin aus Paris. Sie saß mir gegenüber und betrachtete mich neugierig. Da nur wir beide in der Wärmekammer waren, ließ ich mich auf einen visuellen Flirt ein und hatte bald einen sichtbaren Ständer stehen. Kein Wunder bei der Figur: Alicia hatte wunderschöne Möpse und einen Astralkörper vom Feinsten.

Alicia starrte gebannt in meinen Schoß und lächelte: „Na, da ist aber einer ganz schön gierig." „Das liegt an Ihnen, gnädige Frau", antwortete ich ihr ruhig und höflich, „bei Ihrer Schönheit und Ausstrahlung kein Wunder!" Pause. „Stört es Sie? Soll ich ein Handtuch drüber tun?" „Nein, um Gottes Willen, so prüde bin ich nicht", grinste sie. „Lassen Sie ruhig wachsen, was wachsen möchte." Unsere Blicke wurden intensiver. „Ich heiße Alicia. Und Sie?"

Ich nannte ihr meinen Namen und fragte nach, mit wem sie hier sei. „Nur mit meinem Koffer", war ihre für mich erfreuliche Antwort. „Ich hoffe, Sie denken nicht, ich sei ein Spanner oder so, weil ich jetzt einen Steifen hier drin habe, aber bei so viel Sexappeal habe ich keine Chance. Da macht er, was er will." „Schon gut", meinte sie verständnisvoll, „er stört mich nicht. Er ist ja wirklich ein Prachtexemplar, den müssen Sie nicht verstecken." „Danke!", freute ich mich und schwitzte weiter.

3 Minuten später verließen wir zusammen die Brutkammer und sprangen ins kühle Becken, um uns zu erfrischen. Auch wenn Dongs für gewöhnlich bei kaltem Wasser schrumpfen – meiner tat dies nicht! Im Gegenteil: Er war hart wie ein Speer! Alicia betrachtete meinen Knüppel unter Wasser und begann zu lachen: „Der will sich ja gar nicht mehr beruhigen!" „Nein, der ist jetzt zu geil, schätze, ich werde gleich auf dem Zimmer für Erleichterung sorgen müssen." „Wie meinen Sie das?" „Na, mir einen runterholen, sonst laufe ich noch ewig so herum." Alicia kicherte: „Wenn Sie wollen, bin ich Ihnen gerne dabei behilflich, schließlich bin ich ja Schuld daran, dass er jetzt so steht."

Dieses Angebot konnte ich unter keinen Umständen ablehnen. „Meinen Sie das wirklich?" „Ja, klar, sonst hätte ich es nicht gesagt. Warum sollen Sie sich selbst bemühen, wenn es doch viel schöner geht." Sie hatte Recht. Es war viel schöner! In meinem Zimmer kümmerte sie sich leidenschaftlich um meinen Eifelturm und brachte ihn zum Beben. Alicia war eine bildschöne und sehr sinnliche Frau, ihr Körper törnte mich überaus an und ihre Hände waren zart wie Creme. Mit der einen Hand streichelte sie meine Hoden bis zur Analfalte, mit der anderen masturbierte sie mich. Hoch und runter bewegte sich ihr Griff langsam, aber intensiv.

Unsere Augen vögelten derweil miteinander. Nach 10 Minuten wurde ihr Rhythmus schneller, sie wollte mich nun erlösen, was ihr prompt gelang. „Jetzt komme ich!", stöhnte ich aufgeregt, da spritzte mein Samen schon aus meinem Glied und sorgte für ein Feuerwerk. „Wie geil! Schön!", jubelte Alicia und wichste gut weiter.

„Und, geht es Ihrem Penis jetzt besser?", fragte Sie neckisch. „Ja, dank Ihnen!" „Sag Alicia zu mir", bettelte sie mich an und küsste mich sanft auf den Mund. „Und jetzt verwöhne ich Dich", flüsterte ich ihr ins Ohr und knetete ihre Brüste heiß. „Fick mich", bettelte sie. „Gerne, ich habe aber kein Kondom dabei, Du?" „Ich auch nicht, aber mach ruhig, ich bin sterilisiert. Es kann nichts passieren."

Ich vertraute ihr und steckte meinen wieder hart gewordenen Dong in ihre Schamhaarstrich-Muschi. Er passte genau! Alicias langen, schwarzen Haare belegten das Bett, das im rhythmischen Rhythmus zu meinen Stößen mitwippte. Die Missionarsstellung machte mir unheimlich Spaß mit ihr, also wollte ich auch so zum Orgasmus kommen. Und ich kam, aber kurz davor kam sie, bebend und kreischend. Dann ich. „Ah!", knurrte ich und ließ meinen Samen frei. Der füllte ihre Vagina und tropfte dann Stück für Stück wieder raus. Geil!

Wir entspannten uns und hielten freundlichen Smalltalk. Plötzlich verschwand sie unter der Bettdecke und nahm meinen Schwanz in den Mund. Geil! Irgendwie fühlte sich das, was sie machte, aber komisch an, sie kaute an ihm wie an einem Kaugummi herum. Langsam begann es weh zu tun. Ich war verzweifelt: „Kannst Du bitte weniger beißen und mehr lutschen", gab ich ihr als Tipp mit auf den Weg. Alicia schaute mich kurz an, widmete sich dann wieder meinem Schoß und stellte ihre Technik um. Ja, das war schon viel besser! Schön blies sie mir einen, jetzt machte es richtig Spaß!

Gleichzeitig streichelte sie sich ihre Pussy und rubbelte an ihrer Clit herum. So steigerten wir uns beide in Richtung Höhepunkt, den ich vor ihr erreichte. Mitten in ihrem Mund schoss ich ab. Alicia lutschte seelenruhig weiter und fingerte nun tief in ihre Muschi hinein. Wenige Sekunden später kam sie schreiend zum Orgasmus. Gleichzeitig erledigte ich meine weiteren Ladungen in und an ihren Mund, mein Samen war einfach überall! Nach vollendeter Tat lobte ich sie und dankte für den Sex. „Sollen wir das Ganze heute Abend wiederholen?", fragte sie mich. „Geht nicht", entschuldigte ich mich, „ich habe einen Termin, aber morgen Vormittag gerne, bevor ich abreise."

„Okay", freute sich die dunkelhaarige 93-62-91-Schönheit und küsste mich erneut. Gerne hätte ich auch den Abend mit ihr verbracht, aber der und die Nacht gehörten Jana. Um 18 Uhr läuteten wir unsere letzte Runde ein. Zuerst heißer Sex bei ihr mit Cumshot auf ihre Brüste, dann zum Italiener Nudeln essen. Danach wieder Sex. Jana hatte sich etwas Besonderes einfallen lassen und wollte mich mit Handtüchern ans Bett fesseln. Ich ließ mich auf dieses Spiel ein und war gespannt, was kommen würde. Es kam eine megaerotische, fast 1-stündige Penismassage, die ich nur fühlen konnte, da sie meine Augen mit einem Verband sehuntauglich gemacht hatte. Mit Engelshänden, ganz viel Öl, Sinnlichkeit und Zärtlichkeit streichelte, massierte und kraulte sie meinen Schwanz in Zeitlupe, langsam und behutsam, was meine Erregung ins Unermessliche steigern ließ. Immer wenn ich kurz vor dem Höhepunkt war, merkte sie dies und schaltete einen Gang zurück.

Schließlich bettelte ich sie an, den Handjob zu Ende zu führen und mich zu erlösen. Sie tat mir den Gefallen und erhöhte das Tempo, als es wieder grenzwertig wurde. Ab jetzt gab es kein Zurück mehr. Ich explodierte wie eine Rakete und schoss Ladungen am Stück ab. „Wahnsinn!", kicherte sie, während ich intensiv stöhnte. Als er schlaff wurde, entfernte Jana meine Augenbinde und schenkte mir den Blick auf ihr samenüberflutetes Gesicht. „Wahnsinn, wie Du abgespritzt hast! Die Schüsse flogen über 1 m hoch!", grinste sie und wischte sich das Sperma mit einem Handtuch weg. „Das war ein phänomenaler Orgasmus", lobte ich ihre Massage, „das hast Du göttlich gemacht! So heftig bin ich selten gekommen."

Mit diesen Worten fiel mein Blick auf ein blinkendes Rotlicht auf dem Nachttisch. Es war eine Videocam, die leuchtete! „Hast Du das etwa aufgenommen?" „Ja, ich hoffe, Du hast nichts dagegen." „Naja, mir wäre schon lieber gewesen, wenn Du mich gefragt hättest", schoss ich etwas unsanft zurück. „Ich möchte so gerne eine Erinnerung an Dich, an Deinen Körper, an Deinen Schwanz. Sorry, ich habe mich einfach nicht getraut, Dich zu fragen. Bist Du mir böse?"

„Nein, nicht so schlimm", antwortete ich easy, „und Du willst die Aufnahme behalten, oder?" „Ja, und ich würde gerne heute noch mehr filmen von uns, wie wir miteinander schlafen und so." Ganz schön durchtrieben, diese Ossi-Schlampe. „Von mir aus, aber nur unter 2 Bedingungen: Du musst mir versprechen, dass Du die Aufnahmen nur für Dich behältst, sie keinem zeigst und keinen Schabernack damit anstellst, sie nicht ins Web stellst oder so. Und zweitens: Du brennst mir die Aufnahmen

107

auf DVD, dass ich auch diese schöne Erinnerung an Dich habe." „Einverstanden, ich schwöre!", schwor Jana und war erleichtert.

Am späteren Abend filmten wir uns bei purem, rohem, hartem Sex. In allen bekannten Positionen trieben wir es vor laufender Kamera, bis ich soweit war. „Ich möchte, dass wir Deinen Samenerguss sehen", wünschte sich Jana und entfernte das Kondom von meinem Glied. Ich sollte mich hinstellen und sie kniete sich mir zu Füßen. So blies und wichste sie mich über den point of no return zu einem unglaublich schönen Orgasmus. Mein Samen landete in ihrem Gesicht und voller Geilheit leckte sie mit Blick in die Kamera alles auf und meinen Penis sauber.

„Du sollst auch kommen!", entschied ich und legte Jana behutsam aufs Bett zurück. Nun leckte ich sie im optimalen Winkel zur Kamera und bescherte ihr 5 Minuten später einen genialen Masterhöhepunkt. Jana stöhnte heftig und keuchte wie ein heißes Bügeleisen, dann war der Spuk vorbei.

Wir zogen die Dateien auf PC und brannten uns DVDs davon. „1 für mich, 1 für Dich", lächelte sie und händigte mir mein Exemplar aus. Ich bedankte mich brav und steckte es ein. Am nächsten Morgen wurde ich von Jana um 6:30 Uhr wach geblasen, diesmal ohne Kamera. Zuerst erkannte ich nur ihre Silhouette, dann öffnete ich meine Augen und sah sie gestochen scharf bei der Arbeit. „Ich komme, ich komme!", bereitete ich sie auf meinen Cumshot vor, der äußerst dynamisch ausfiel und das halbe Bett besudelte. Die andere Hälfte landete in ihrem Mund. Der Abschied von Jana fiel mir äußerst schwer, sie bat mich, bevor ich fahre noch bei ihr im Wellnessbereich vorbeizukommen.

Von Jana zu Alicia. Die erwartete mich schon auf ihrem Zimmer und bereitete mir ihrerseits einen tollen Abschiedsfick. Ich kam in ihr und war befriedigt. Nach der letzten Mahlzeit verabschiedete ich mich endgültig von Jana und versprach ihr ein Wiedersehen, was sie sehr erfreute. Ich verließ den Chiemsee und fuhr glücklich und entspannt nach Hause.

Buch-Tipps vom Womanizer

1)
The Womanizer
Ich, der Fremdgeher 1
Die Abenteuer des Womanizers

Sex, Erotik, Liebe, Lust und Leidenschaft – dies ist die spannende Geschichte, die Autobiografie des Womanizers, eines Mannes, der seinem Leben keine Grenzen setzt und sich alle sexuellen Wünsche und Träume erfüllt.

Obwohl er glücklich in einer Beziehung mit seiner Freundin Andrea ist, die er über alles liebt, gönnt er sich alle Freiheiten, um das zu genießen, wovon andere Männer träumen. Er erlebt fantastische Abenteuer ebenso wie böse Reinfälle, heiße Affären, Sex mit 3 Frauen gleichzeitig, Erpressung, Glück und Leid in Beziehung und One Night Stands.

Erfahren Sie mehr über den Mann hinter der Maske und sein Leben. Fantasien werden Wirklichkeit. Wünsche wahr.

Ich, der Fremdgeher 1 ist ein hochexplosives und spannendes Werk, das den Leser fesselt, anregt und erregt. 63 Kapitel voller Sex, Lust und Leidenschaft. 200 Seiten pure Erotik.

Doch auch Schuld und Moral spielen eine Rolle. Immer wieder hinterfragt er sein schändliches Treiben und will seiner Freundin treu bleiben, doch die Lust ist zu groß und die weiblichen Reize sind zu stark ... und so stürzt er sich in das nächste Abenteuer.

Ein Buch, über das Sie noch lange sprechen werden!

ISBN 978-3-8423-2186-1
Books on Demand

Buch-Tipps vom Womanizer

2)
The Womanizer
Ich, der Fremdgeher 2
Neue Abenteuer des Womanizers

Dies ist Teil 2, die prickelnde Fortsetzung der spannenden Lebensgeschichte des Womanizers, eines Mannes, der seinem Dasein keinerlei Grenzen setzt und sich alle sexuellen Wünsche und Träume erfüllt.

Obwohl er mittlerweile glücklich verheiratet und stolzer Vater eines Sohnes ist, gönnt er sich alle Freiheiten, um das zu genießen, wovon andere Männer nur träumen. Er erlebt fantastische Abenteuer ebenso wie böse Reinfälle, heiße Affären, Glück und Leid in Beziehung und One Night Stands.

Erfahren Sie alles über den Mann hinter der Maske und sein geniales Leben. Fantasien werden Wirklichkeit. Wünsche wahr.

Ich, der Fremdgeher 2 ist ein hochexplosives und reizvolles Werk, das den Leser fesselt, anregt und erregt. 35 Kapitel voller Sex, Liebe und Leidenschaft, 200 Seiten pure Erotik, das ist die fantastische Welt des Womanizers. Doch auch Schuld und Moral spielen eine Rolle. Immer wieder hinterfragt er sein schändliches Treiben und will seiner Frau treu bleiben, doch die Lust ist zu groß und die weiblichen Reize sind zu stark ... und so stürzt er sich in das nächste Abenteuer.

Die geniale Fortsetzung von Ich, der Fremdgeher 1. Ein Buch, das Sie nicht mehr loslassen wird, denn tief in Ihnen stecken auch der Trieb, die Lust, die Gier auf Erfüllung aller Ihrer sexuellen Wünsche und Fantasien.

ISBN 978-3-8448-7446-4
Books on Demand

Buch-Tipps vom Womanizer

3)
The Womanizer
Ich, der Fremdgeher 3
Neue Abenteuer des Womanizers

Dies ist Teil 3, der prickelnde Abschluss der Trilogie über das einzigartige Leben und Wirken des Womanizers, eines Mannes, der sich, trotz hübscher Ehefrau und zweier wundervoller Kinder, außertourlich alle seine sexuellen Wünsche und Träume erfüllt. Dabei erlebt er das, wovon andere Männer nur träumen.

Diesmal u.a.: Sex mit den blutjungen Animateurinnen Grit und Hanna, spannende Abenteuer in der Glory Hole Bar, eine heiße Romanze mit PR-Marketing-Lady Ella, der fantastische Vierer mit den US-Girls Chloe, Madison und Stella, Kindermädchen Magdalena auf Extratour, Erotikmassagen der göttlichen Luisa, Jugenderinnerungen an Raliza, Techtelmechtel mit Praktikantin Aiko, Reinfall mit Frauke, Oh Julia, Andreas geheime Kiste, Ü-50erin Sabrina, Playboy-Lifestyle mit den Hostessen Torrie und Whitney, die scharfe Kerstin u.v.m.

„Ich, der Fremdgeher 3" ist ein hochexplosives und reizvolles Werk, das den Leser fesselt, anregt und erregt. 34 Kapitel voller Sex, Liebe und Leidenschaft, 200 Seiten pure Erotik, das ist die extravagante Welt des Womanizers.

Die geile Fortsetzung von Ich, der Fremdgeher 1 & 2. Ein Buch, das Sie nicht mehr loslassen wird, denn tief in Ihnen stecken auch der Trieb, die Lust, die Gier auf Erfüllung aller Ihrer sexuellen Fantasien.

ISBN 978-3-7460-1524-8
Books on Demand

Buch-Tipps vom Womanizer

4)
The Womanizer
Sex Bomb
100 Tricks, Frauen ins Bett zu bekommen

DER PLAYBOY TRICK * DER PIANIST TRICK * DER FEUERWEHRMANN TRICK * DER BABYSITTER TRICK * DER 6 RICHTIGE IM LOTTO TRICK * DER BILLARD TRICK * DER MAGISCHE ZETTEL TRICK * DER KINO TRICK * DER HUNDEHALTER TRICK * DER ROTE ROSEN TRICK * DER BARMANN TRICK * DER ZAUBER TRICK * DER CHEFREDAKTEUR TRICK * DER JUNG-FRAU TRICK * DER SPIONAGE TRICK * DER SCHLITTSCHUHLÄUFER TRICK * DER PORNODARSTELLER TRICK * DER MASSEUR TRICK * DER VERFLOS-SENEN TRICK * DER SCARY MOVIE TRICK * DER BUCHAUTOR TRICK * DER FUSSBALLSPIELER TRICK * DER BLIND DATE TRICK * DER KOLLEGIN TRICK * DER FOTOGRAF TRICK * DER GIPS TRICK * DER KONZERT TRICK * DER WETTE TRICK * DER REPORTER TRICK * DER SAUNA TRICK * DER KAMASUTRA TRICK * DER CHARLIE SHEEN TRICK * DER SCHLANGEN TRICK * DER WETTBEWERB TRICK * DER AMATEURPORNO TRICK * DER RESTAURANT CHEF TRICK * DER GEBURTSTAGSPARTY TRICK * DER UM-ZIEH TRICK * DER SCHÖNE FRAU TRICK * DER SHOPPING TRICK * DER CALLBOY TRICK * DER XXL-KONDOM TRICK * DER EBAY TRICK * DER EBAY DELUXE TRICK * DER BETTENKAUF TRICK * DER POKER TRICK * DER ANNA TRICK * DER MASKENBALL TRICK * DER EINKAUFS TRICK * DER EX ONE NIGHT STAND TRICK * DER DJ KUMPEL TRICK * DER POR-SCHE TRICK * DER BORDELL CASTING TRICK * DER BORDELL CASTING DELUXE TRICK * DER SEXSHOP TRICK * DER STILLE TRICK * DER E-MAIL TRICK * DER FACEBOOK PARTY TRICK * DER JOGGER TRICK * DER THER-MEN TRICK * DER ROBINSON CLUB CAMYUVA TRICK * DER 25 ZENTIME-TER TRICK * DER SALTO TRICK * DER TRAUM TRICK * DER COACHING FÜR SINGLES BUCH TRICK * DER 5 DVDS ZUR AUSWAHL TRICK * DER STRAPSE TRICK * DER MASSAGEKURS TRICK * DER VISITENKARTEN TRICK * DER WITZE TRICK * DER TAGEBUCH TRICK * DER VIBRATOR TRICK * DER SPIRITUELLE TRICK * DER TANZ TRICK * DER WELTREKORD TRICK * DER POLEN TRICK * DER 10 MINUTEN TRICK * DER VERLASSE-NEN TRICK * DER PFIFFIGE TRICK * DER SCHLAF MIT MIR TRICK * DER SCHAUSPIELFREUNDIN TRICK * DER GANZKÖRPERMASSAGE TRICK * DER FLOATING TRICK * DER ZUCKERWATTE TRICK * DER BUTLER TRICK * DER KÄLTE TRICK * DER PROMIFOTO TRICK * DER STEWARDESS TRICK * DER RETROSPEKTIVE TRICK * DER KUMPEL TRICK * DER CHEF TRICK * DER KAJAK TRICK * DER SCHWESTER TRICK * DER WEIHNACHTSMANN TRICK * DER PUTZFRAU TRICK * DER GESCHENK TRICK * DER SPRICH MICH AN TRICK * DER SADOMASO TRICK * DER ZAHLEN TRICK * DER SPEED-DATING TRICK

ISBN 978-3-8448-0574-1
Books on Demand